LAISHI DE LU

来时的路

亲历者讲述红色故事

红日照陕甘

汪　锋　等◎著

李红伟　史延胜　林树峰◎编

中国文史出版社

图书在版编目（CIP）数据

红日照陕甘／汪锋等著；李红伟，史延胜，林树峰
编．-- 北京：中国文史出版社，2024.7
（来时的路：亲历者讲述红色故事／朱冬生主编）
ISBN 978 - 7 - 5205 - 4691 - 1

Ⅰ．①红… Ⅱ．①汪… ②李… ③史… ④林… Ⅲ．
①革命回忆录 - 作品集 - 中国 - 当代 Ⅳ．①I251

中国国家版本馆 CIP 数据核字（2024）第 103274 号

责任编辑：金　硕

出版发行：**中国文史出版社**

社　　址：北京市海淀区西八里庄路 69 号　　　邮编：100142
电　　话：010 - 81136606/6602/6603/6642（发行部）
传　　真：010 - 81136655
印　　装：廊坊市海涛印刷有限公司
经　　销：全国新华书店
开　　本：700mm×1000mm　1/16
印　　张：17
字　　数：162 千字
版　　次：2025 年 1 月北京第 1 版
印　　次：2025 年 1 月第 1 次印刷
定　　价：72.00 元

丛书编委会

总 主 编 朱冬生

执 行 主 编 史延胜　金　硕

执 行 副 主 编 吕　鹏　任德才　左厚锋

编　　　者 庞召力　孙召鹏　丁　伟　杨顺雨

　　　　　　　彭　曾　倪慧慧　冯长青　牛胜启

　　　　　　　冯华安　刘英芳

选题缘起

一是贯彻落实习近平总书记提出的"要讲好党的故事、革命的故事、根据地的故事、英雄和烈士的故事,加强革命传统教育、爱国主义教育、青少年思想道德教育,把红色基因传承好,确保红色江山永不变色"重要指示精神,深入挖掘红色资源,丰富精神宝库。"采取青少年喜闻乐见、易于接受的形式",讲好"四个故事"、加强"三个教育",以高度的历史自觉培育有理想、有本领、有担当的时代新人。抚今追昔、鉴往知来,不忘初心、牢记使命,始终牢记"我们走得再远都不能忘记来时的路",让信仰之火熊熊不息。

二是引导人们树立正确的历史观。中国共产党百年非凡奋斗历程为我们留下了丰厚的精神遗产,随着时间的推移,现阶段人们尤其是年青一代对当年那一段血与火的历史已渐感陌生；网络时代媒体传播的多元化，极大丰富了人们的信息资源，但在一定程度上也干扰了人们对历史的正确认知，特别是关于党史和军史，存在不准确甚至不正确的史料传播。本丛书旨在通过收集和整理史料，让历史说话，用史实发言，为人们树立正确历史观提供翔实资料。

三是文史资料再开发的尝试。现存的权威军史资料大都时日已长，为防止宝贵的红色资源湮没在历史尘埃中，迫切需要对其进行深度挖掘、梳理整合，以"亲历、亲见、亲闻"的"三亲"史料的形式，让红色资源以新的体系、新的样态呈现在世人面前，更好地发挥教育功能。

编选原则

一是坚持正确的政治立场。牢牢坚持党性原则，牢牢坚持马克思主义新闻观，牢牢坚持正确舆论导向，牢牢坚持正面宣传为主。

二是主题鲜明。丛书反映了中国共产党团结带领中国人民，以"为有牺牲多壮志，敢教日月换新天"的大无畏气概，书写了中华民族几千年历史上最恢宏的史诗；展现了坚持真理、坚守理想，践行初心、担当使命，不怕牺牲、英勇斗争，对党忠诚、不负人民的伟大建党精神。

三是史料权威。丛书内容来源于《中国人民解放军历史资料丛书》《中国抗日战争军事史料丛书》《中国工农红军长征史料丛书》所收录的文章及老一辈革命家的回忆录等。涉及党内路线斗争的题材概不收入；涉及犯有重大错误的人员的情况只做客观描述，不做评述；理论性较强，不便于一般读者理解的文章慎重选录。

四是注重"三亲"性。所选文章紧扣"亲历、亲见、亲闻"的特点，内容感人至深、思想丰富深刻、语言通俗易懂，为加强红色资源的故事化提供生动范例，做到知识灌输与情感培养并举。

卷册专题划分

一是在纵向上按照中国革命的历史进程，讲述了土地革命战争时期、抗日战争时期、解放战争时期及新中国成立初期的党史和军史故事。

二是在横向上各个历史时期再按区域或按部队序列进行分述。如土地革命战争时期的各地武装起义，按照当年武装起义比较集中的地区，如湘赣、湘鄂西、鄂豫皖、苏浙闽沪、陕甘等分别编辑成册。抗日战争时期，按照八路军第一一五师、第一二○师、第一二九师、新四军、华南抗日游击队、东北抗日联军等分别编辑成册。解放战争时期，按照第一、第二、第三、第四野战军和华北军区部队，以及剿匪斗争、策动国民党军起义投诚等分别编辑成册。后勤工作、军队院校等特殊领域，单独成册。

  囿于文史资料的自身特点，作者个人身份立场、视野角度不同，一些人撰稿时年事已高、事隔经年，记忆恐有偏差，细节难求完全准确，有意偏重或弱化亦难避免。对此，我们力求维持原貌，体现多说并存，只对一些显而易见的讹误进行了谨慎订正。诚然如此，由于我们能力水平和主客观条件的限制，难免有疏漏之处，恳请广大读者批评指正！

编 者

2024 年 6 月

土地革命战争时期，党从残酷的现实中认识到，没有革命的武装就无法战胜武装的反革命，就无法夺取中国革命胜利，就无法改变中国人民和中华民族的命运，必须以武装的革命反对武装的反革命。八七会议后，中共陕西省委先后组织发动了清涧、渭华、旬邑等武装起义，由于敌我力量悬殊，这些起义都相继失败了。根据中央指示，刘志丹、谢子长、习仲勋等一批共产党人深入陕甘地区国民党和地方军阀队伍中开展兵运工作。通过在国民党部队中宣传革命思想，发展士兵入党并逐步建立党的组织，伺机组织士兵暴动，先后发动了两当兵变、靖远兵变、蟠口兵变等大小 70 多次兵运斗争，但都以失败告终。面对一次次失败，陕甘共产党人认识到"搞革命武装，依靠在旧军队里的合法地位招兵买马是不行的，这个教训已经很多了。还是要走井冈山的道路，发动群众，搞土地革命"。1930年起，刘志丹领导的农民武装在陕甘边界地区开展游击活动，揭开了陕甘边武装斗争的序幕。在开展游击战争的过程中，陕甘共产党人不断探索创建根据地和红色政权的道路，开辟了陕甘边革命根据地和陕北革命根据地。革命斗争的蓬勃发展，震动了国民党在西北的反动统治，蒋介石调集各路军阀对陕甘边革命根据地发动多次"围剿"，陕甘红军和根据地人民在党的领导下同心协力开展反"围剿"斗争。1935年2月，陕甘边革命根据地与陕北革命根据地统一为陕甘革命根据地，亦称西北革命根据地，成为土地革命战争后期全国仅存的完整革命根据地，为党中央和各路红军长征提供了落脚点，为全民族抗日战争爆发后由红军改编的八路军主力奔赴抗日前线提供了出发点。本书收录的文章主要围绕土地革命战争时期党在陕甘地区领导广大农民，开展武装暴动、游击战争及创建革命根据地展开，真实记录了我们党对革命斗争的积极探索、广大人民群众争取自由和解放的强烈愿望，以及其中所蕴藏的强大革命力量。

目　录

红日照陕甘[*]

习仲勋

1935 年 10 月，毛主席率领中国工农红军胜利完成战略转移，长征到达陕北。从此，党中央和毛主席直接领导着陕甘苏区的斗争，迅速克服了王明"左"倾机会主义路线所造成的危机，扭转了局势，使陕甘苏区走上了新的发展道路。当时，我作为陕甘苏区的负责人之一，有幸在毛主席的直接领导下工作，多次聆听他的教诲。这是一段令人难忘的岁月。

陕甘苏区是在王明"左"倾机会主义路线失败后保留下的最后一块苏区。毛主席到达陕北前，陕北的革命斗争几经起伏。早在大革命时期，在中国共产党领导下，陕西各地就曾经出现过蓬勃的农民运动、工人运动、士兵运动和学生运动。大革命失败后，刘志丹、谢子长等同志坚持武装斗

---

* 本文选自《习仲勋文选》，中央文献出版社 1996 年版。原标题为《红日照亮了陕甘高原》，收录时做了适当修改。

1

争，先后组织了反帝同盟军和陕甘工农红军游击队，并在陕、甘两省交界的照金创立了小块的革命根据地。

我于1932年春在甘肃两当发动兵暴，失败后转到照金。1932年冬，中国工农红军第二十六军正式成立，由于军政治委员杜衡推行王明"左"倾机会主义路线，诬蔑刘志丹同志所坚持的正确路线是什么"游击主义""梢山主义""土匪路线""老右倾机会主义""逃跑路线"等，硬要红二十六军离开苏区，南下终南山，杜衡则借故私自离开部队。当我军进到蓝田时，被敌人重兵包围，终以敌众我寡，弹尽粮绝告终，全军覆没。而杜衡这个胆小鬼不久也被捕投敌，做了叛徒。

1933年8月，我们在照金根据地陈家坡开会，克服了存在于一些同志中的右倾失败主义情绪，决定恢复红二十六军，拉起队伍再干。我们吸取过去的教训，决定分三路建立游击区：第一路陕北，以安定为中心；第二路陇东，以南梁为中心；第三路关中，以照金为中心。到1934年冬至和1935年春，我们分别建立和发展了陕甘边和陕北两块苏区。陕甘边把二、三路连接起来，北起定边、盐池，南抵三原、淳化、耀县，东至延安、延长，西达陇东的合水、庆阳、曲子、环县一带，建立了人民政权。陕北在陕北特委的领导下也建立了一大片人民政权。这时，在陕北地区活动的红二十七军也建立起来了。两个苏区分别召开了工农兵代表大会，正式成立了陕甘边区工农民主政府和陕北省工农民主政府。

为了统一党和红军的领导，1934 年底，陕甘边特委派刘志丹等同志去延川永坪地区和陕北特委开联席会议，成立了以刘志丹、马明方、惠子俊等同志为核心的党的西北工作委员会和西北革命军事委员会，刘志丹同志任军委主席。刘志丹同志以军委名义发布了粉碎敌人第二次"围剿"的动员令，命令二十六军主力北上陕北作战。1935 年 5 月，刘志丹同志兼任前敌总指挥，彻底粉碎了蒋介石的第二次"围剿"，苏区进一步扩大到 20 余县，陕甘边与陕北连成一片。后来红二十五军转战千里来到陕北。这一段，是陕甘革命根据地和人民武装力量大发展的时期。

　　不幸，王明"左"倾机会主义路线也影响到陕北。他们不调查研究，不了解陕甘革命历史，不了解敌情、我情，全凭主观臆断，强调对外是一切斗争，否认联合；对内凡是不同意他们错误观点的就残酷斗争，无情打击。他们指责刘志丹同志等只分川地，不分山地（陕甘边某些地方土地多，光川地平均每人就有十几亩、几十亩，群众只要川地不要山地），不全部没收富农的土地和牛羊，不在游击区分配土地，是"不实行土地革命"；指责我们纠正一些人领导赤卫队侵犯贫、中农利益的违法乱纪的土匪行为是"镇压群众"；还说我们同杨虎城有联系，是"秘密勾结军阀"。他们无中生有，无限上纲，先说我们"右倾"，继而说我们是"右倾取消主义"，更进而说我们是"右派"，诬蔑刘志丹同志是"白军军官"。

当时，蒋介石正在陕甘边区进行第三次"围剿"。于是出现了这样的一种怪现象：红军在前方打仗，抵抗蒋介石的进攻，不断地取得胜利，"左"倾机会主义路线的执行者却在后方先夺权，后抓人，把刘志丹同志等一大批干部扣押起来，红二十六军营以上的主要干部，陕甘边县以上的主要干部，几乎无一幸免。敌人乘机大举进攻，陕甘苏区日益缩小。"左"倾机会主义路线执行者的倒行逆施，引起了群众的极大疑虑和恐惧；地主、富农乘机挑拨煽动，反攻倒算，以致保安、安塞、定边、靖边等几个县的群众都"反水"了。苏区陷入了严重的危机。

我被扣押了。起初关在王家坪，后又押到瓦窑堡，和刘志丹等同志一起被关在一个旧当铺里。"左"倾机会主义路线的执行者大搞逼供，搞法西斯审讯方式，天气很冷，不给我们被子盖，晚上睡觉绑着手脚，绳子上都长满虱子；一天只放两次风，看守人员拿着鞭子、大刀，看到谁不顺眼就用鞭子抽，用刀背砍。在莫须有的罪名下，许多人被迫害致死。

千里雷声万里闪。在这十分危急的关头，党中央派的先遣联络员带来了令人无比高兴的喜讯：毛主席来了！1935年10月，毛主席率领中央红军进入陕甘边的吴起镇，他立即向群众和地方干部进行调查。当时任陕甘边特委的龚逢春同志去迎接毛主席，向毛主席汇报了陕甘边和陕北苏区红军胜利发展的情况，又汇报了当时乱搞"肃反"，把刘志丹等红二十六军的干部抓起来的问题。毛主席马上下达指示：立即停止任何逮捕，所逮捕的干部全部交给中央处理，并派王首道等同志去瓦窑堡办理此事。我们这 100 多个幸存者被释放了。毛主席挽救了陕甘苏区的党，也挽救了陕甘边革命根据地，出现了团结战斗的新局面。在毛主席亲自指挥下，中央红军和西北红军在直罗镇歼敌一〇九师和一〇六师 1 个团，粉碎了蒋介石的第三次"围剿"，给党中央把全国革命大本营放在西北的任务，举行了一个奠基礼。

毛主席对陕甘苏区的创始人刘志丹同志和广大干部十分关怀，非常爱护。刘志丹同志出狱后，毛主席安排他担任中国革命军事委员会西北办事处副主任、北路军总指挥和红二十八军军长。1936 年春，刘志丹同志率部渡黄河东征，不幸牺牲于山西中阳县的三交镇。毛泽东同志题了挽词，称赞刘志丹同志是"群众领袖，民族英雄"。周恩来同志题诗说："上下五千年，英雄万万千。人民的英雄，要数刘志丹。"朱德同志称他是"红军模范"。毛主席、周副主席、朱总司令给予刘志丹同志高度评价，使那些同刘志丹同志一起工作的干部也受到很大的鼓舞。

我被释放后，到中央党校学习，以后相继在地方、部队担任领导工作。在这些日子里，我有机会多次同毛主席接触，他有时吸收我参加中央有关会议，有时找我谈话，有时写信给我，甚至题词勉励我，使我不断受到教育。1935 年 12 月 27 日，在瓦窑堡党的活动分子会议上，我第一次见到毛主席。会上，毛主席做了《论反对日本帝国主义的策略》的报告，系统地分析了当时的形势，完整地阐述了我党的政治策略，批判了党内过去长期存在的"左"的关门主义倾向，决定了建立广泛的抗日民族统一战线的策略。我凝神聆听毛主席的报告，觉得他讲的完全合乎实际，路线完全正确。我感到迷雾顿散，信心倍增。1943 年，毛主席亲笔在一幅约一尺长、五寸宽的漂白布上写了"党的利益在第一位"八个大字，上款写"赠给习仲勋同志"，下署"毛泽东"。这个题词，我长期带在身边，成了鼓励我努力改造世界观的一面镜子。毛主席在我们这些人身上倾注了许多心血，这鲜明地体现了他为党制定的爱护地方干部和广大干部的政策。

陕甘苏区的危机克服后，毛主席立即着手把陕甘苏区建成争取东进抗日的出发地。他根据全国形势和陕甘苏区的特点，提出"在发展中求巩固"的方针，命令红军依托陕甘，东渡黄河，以模范的抗日行动，推动全国抗日。东征战役扩大了我党我军在全国人民中的政治影响。那时，蒋介石顽固地坚持反共反人民的内战政策，妄图阻挡红军向抗日第一线前进，调动了 10 余万军队，向陕甘苏区进攻。陕甘一带，东有晋绥军和国民党中央军，北有地方军阀井岳秀、高桂滋，西有甘、宁、青马家军和国民党中央军，南有东北军和第十七路军，我们四面被包围。敌人侵占了苏区的许多县，地主反攻倒算，群众遭到残酷杀戮。国民党又在这些地方复辟了反动统治，建立保甲制度，实行连环保。为了稳定陕甘苏区，毛主席命令红军打退了西面和北面的敌人。我也随军西征，在以李富春同志为首的陕甘宁省委领导下，在陇东的环县、曲子一带做群众工作。

随着日本帝国主义加紧侵华、民族危机日益深重，抗日运动不断高涨的发展形势，1936 年 9 月，毛主席在保安（今志丹县）主持召开了中央政治局会议。这次会议吸收了两个地方干部参加，我是其中之一。这是我第一次参加中央的会议。毛主席一见到我，便亲切地叫着名字，同我握手。在这次会议上，主要讨论《关于抗日救亡运动的新形势与民主共和国的决议》，讨论扩大抗日民族统一战线，争取张学良的东北军和杨虎城的十七路军，反对党内"左"的关门主义倾向。会上，毛主席还总结了苏区建设的经验，指出在中心区和边沿区、游击区，因情况不同，工作方针和任务也应有所不同。他还批评了王明路线的宗派主义的组织路线。

参加这次会议，我受到一次深刻的路线教育，进一步懂得了：任何革命理论、原则的实行，都必须同当时当地的实际情况相结合，教条主义之所以错误，就因为它不问实际情况，完全从本本出发，生搬硬套；政治路线错了，组织路线也必然是错的，政治上搞"左"倾机会主义，必然在组织上搞宗派主义。同时，思想上也明确了：必须根据形势的发展，积极扩大抗日民族统一战线。会后，张闻天同志同我谈工作，说对民团、保甲，都可以搞统一战线，可以先试试。

这次会议后，我被调到关中地区担任特委书记。关中地区包括甘肃的新宁（宁县）、新正（正宁）和陕西的赤水（旬邑）、淳耀（淳化和耀县）等县，像一把利剑插入国民党统治区，直逼它的战略重镇西安。

当时，我们的游击队只能隐蔽在深山里，活动很困难，生活很艰苦。根据中央九月会议决议的精神，我们一面恢复各种秘密组织，一面建立和发展各方面的统一战线关系。对于每一个人、每一个派别、每一个社会团体、每一个武装队伍，都根据它们不同的情况，在抗日救国的总方针下，同他们接洽、协商、谈判，以订立各种地方的、局部的、暂时的或长久的、成文的或口头的协议，同他们当中的一些人、一些单位，建立起各种不同程度的统一战线关系。有个国民党的县长同我们有老关系，我们也同他建立了联系。在4个县的保安团中，除了一股顽固的地主武装反对我们以外，其余的都同我们建立了统一战线关系，他们向我们提供了许多情报和枪支弹药。这样，到西安事变时，关中苏区就全部恢复起来了，我们的游击队又壮大了。虽然国民党的政权仍存在，但我们的政权组织也秘密地建立起来了，公开的名义叫作"抗日救国会"。

西安事变和平解决，国共合作后，党中央、毛主席又领导我们纠正了王明在那时所搞的"一切经过统一战线"，把领导权拱手让给蒋介石的右倾错误，克服了当时边区党委的某些领导在统一战线中采取的机会主义立场，粉碎了国民党的"摩擦""蚕食"等破坏阴谋，使苏区日益巩固；还开展了政治、经济、军事、文化教育等方面的工作，使陕甘宁边区逐步成为全国的模范抗日民族根据地，党中央、毛主席所在的延安，成了中外闻名的革命圣地。陕甘宁根据地每前进一步，都是同毛主席的亲切关怀和直接领导分不开的。陕甘宁根据地人民和全国人民，都永远不会忘记这一点。

渭华起义[*]

周益三

　　大革命失败以后，党中央派我们从汉口回陕西开展军运工作，我被省委派到陕军甄寿珊部毕梅轩营当营副。1927年腊月二十八日，省委负责军委工作的苏士杰通知我到西安接受任务，大年初三我到了西安顺义店，该店是党的一个秘密机关，在这里我意外地见到了唐澍同志，他穿着一件没有面子的羊皮袄，头上勒着羊肚手巾，完全是一个陕北农民的打扮。我们两人是黄埔军校的同学，一见面他就热情地招呼我，给我交代了去许权中旅工作的任务，研究了路上应急的方法，我们便于大年初五离开了西安。我们进入南山，在洛南县三要司附近的寺坡见到了先期到达的吴浩然、刘志丹、谢子长等，他们都穿着便衣，不久司令部派我去担任李蕴山补充营四连排长，后又担任了二

　　———————

　　[*] 本文原标题为《渭华起义纪实》，收录时做了适当修改。

连连长。

1928年4月底，南路军李虎臣命令部队过秦岭攻取潼关天险，许旅各营陆续向灵口集中，补充营也移驻灵口镇内准备出山。在灵口街西头，我碰到黄埔军校的同学张汉俊，他告诉我组织上决定他们首先出山参加渭华起义，并说不久全旅都要出动。许旅跟随李部翻越秦岭在蒿岔峪吃过晚饭，连夜开赴潼关前线占领阵地，进攻十二连城。在与马鸿宾部队的战斗中，敌人兵力不断增加，我方伤亡增多，我连也有一些战士受伤，前线战况出现了不利于我军的趋势。在这种情况下，刘志丹通知我连半夜12点撤出战斗，随后又接到推迟撤退的通知。当时我在党内担任营特派员，还领导着刘中向连。第二天晚上我们一道随刘志丹从前线撤了下来，经一夜急行军到达华县的瓜坡镇，群众已经在村外摆设了供桌，抬水让我们喝，部队以连为单位在村外休息吃饭，领导同志均在村内开会。为了便于行军，部队进行了简单的整顿，编为三个大队，全体官兵兴奋地摘掉旧帽徽，喜气洋洋地直奔高塘参加渭华起义。

为了欢迎部队来到高塘，地方党组织召开了盛大的军民联欢会，并在会上宣布成立西北工农革命军，设立军事委员会，主席由刘志丹担任，西北工农革命军总司令由唐澍担任，参谋长王泰吉、许权中担任工农革命军顾问兼骑兵分队队长。西北工农革命军下辖4个大队，还有一个赤卫队，赤卫队实际上是司令部的警卫队。我们大队开始驻在高塘镇，经常外出打土豪、杀劣绅、拦截公路上敌军的车辆、辎重。记得有次打土豪时挖出很多银圆和财物，战士们用筐子抬到牛峪上交给财经委员会，以供军需之用，无一人贪拿分文。

敌人第一次进攻塔山时，战斗非常激烈，敌人的退路被我们堵住以后，拼命向我阵地冲击，所幸谢子长指挥得当，才把敌人压了下去。田金凯攻打高塘时，全大队的精壮都被挑出来到赤水公路沿线拦截敌人的车辆，家里留的大都是些弱者、病号和后勤人员，我们当时也很大意，没有布置警戒就睡觉了。天明以后，有个老太婆急忙忙地跑来说："敌人都上来了，你们还睡觉哩！"听到这话，我立即跑到村口看，见骆驼顶插上了敌人的旗帜，敌人一群一群向上拥，对我们采取包围之势，我立即带领全体战士从麦地里冲了过去阻击敌人。枪声、冲锋号声、喊杀声惊动了总司令部，赤卫队队长张汉泉亦率部出动直奔骆驼顶，赤卫队武器装备很好，每人一长一短火力很强，与我们一起和敌人展开激战。两军正打得难分难解的时候，忽然看见敌人阵容大乱，开始向后溃退，又隐约听见敌人后边响起了枪声，原来是二大队从赤水返回，谢子长带领的三大队也赶了回来，对敌人形成了夹击之势，敌人仓皇逃走了。

敌人向我军发动第三次进攻时，我们五中队在高塘西北的一片石头滩上作战，我发现敌人从高塘以东向南移动，便把这一情况及时做了报告，上级命令我们监视、阻击这股敌人。待总部和各大队撤到南山以后，我们中队撤到牛峪口，我到箭峪口那边看地形，发现有很多房子，储备的粮食也不少。晚上唐澍对我说："地方上送来情报，说魏家塬一带没有敌军了。准备今晚夜袭驻高塘小学的敌司令部，由你们去打策应，还有农民群众帮助我们造声势。"我立即带队向魏家塬方向插去，等高塘枪一响，我们这里也打开了。拂晓，才发现敌人主力并没有撤走，我主攻部队不能得手，被迫向南撤退，敌人跟踪追击，我队掩护主攻部队退却，且战且走，又退回牛峪。待敌人以密集队形向山口进攻时，我们翻东坡退到箭峪，准备从这里退入南山。这时，唐澍命令我们中队占领龙山制高点，掩护总部和其他大队撤退。下午2点我们还在据守监视敌人，战士们又饥又渴，尤其山高日烈气候干燥，我和两名战士下到箭峪取水时遇到杨晓初同志，他向我说："权中同志尚在峪口外边，被敌人咬着退不下来，你赶紧带兵增援！"我立即撤兵龙山，前往峪口掩护权中退却。权中下来后，率骑兵分队向南奔驰而去。当日晚上夜色茫茫，山高路险不易行军，遂就地宿营，次日越秦岭往青岗坪，向东去找大部队会合。见到刘志丹同志后，才知道唐澍同志战死了，大部队已向西转移，要我们马上离开此地。我便带着部队向西行进，等到我们到蓝田县张家坪时仅剩200余人。

在张家坪停留期间，我们研究了部队今后的行动方向，根据上级意见，将部队交给许权中领导，身份比较公开的刘志丹、谢子长等离开部队分散活动。不久，我们改编为第九旅，仍由许权中任旅长，工农革命军所余部队改编为一个营，营长由雷天祥担任，我在该营担任连长。

渭华起义片段

杨晓初

1927年蒋介石叛变革命后，西安也陷入白色恐怖之中，国民党的特务、警察天天捕人，报纸上不断登载反共的叫嚣，城里的空气异常紧张。中共陕西省委为保存革命力量，采取紧急措施：把公开的共产党员迅速调离西安，又从外地调来一部分党员接替工作。

7月中旬的一天下午，我刚从西大街财委会的办公室走出不远，忽听身后一阵急促的脚步声，还未来得及回头去看，就有一个手掌从背后拍着我的肩膀："你跑到这里来了，让我好找！"我吃了一惊，转身一看，原来是共产党员史可轩同志，他面色严峻，用低得几乎使我听不见的声音说："走！党的决定。"我见他神色匆忙，来不及细问，就跟在他的后边，疾步走出北门，走到北关外，才看清楚中山军事学校和保卫队出发了。中山军事学校归国民联军驻陕总司令部政治部所属，主要领导人是共产党员史可轩、李林、邓小平等同志，有"第二黄埔"之称。

我和史可轩同志走在队伍的后头，我发现李林、邓小平同志没有跟队伍出来，史可轩对我说："他俩留西安坚持党的工作，党决定要你来部队工作，咱们今后在一块儿干了。"我当即向他表示："好！一块儿努力吧。"史可轩接着说："现在，国民党调我们出潼关，企图整垮我们。我们是党在陕西的武装力量，说什么也不能离开陕西！"

当天我们只走了30里，在渭河边上的草滩镇宿营了，研究决定把队伍拉到渭河边上，改乘木船缓行，以便拖延时间，继续等待省委的指示。三天走了90里水路，在到达临潼县交口镇的第二天，崔孟博同志带来一份省委的指示，指示说："想办法，找机会，使部队不出潼关，在渭河以北扎下根，找主求生，保存革命的有生力量。"大家心里很清楚，"找主求生，保存革命的有生力量"这句话，意味着这支部队既要合法存在，又要不受敌人的调动。晚上，我们又在交口镇野外的清河岸上开了一个秘密会议，对总的局势进行了分析，一致认为：陕西军阀部队和关中杂牌部队虽然都归顺了国民党，但他们为了维持封建统治，都在极力扩充自己的势力，我们可以利用这些矛盾暂时找个"靠主"。

"投靠"谁好呢？这个问题引起了一场争论。争论来争论去，大家还是认为去富平、蒲城之间的红崖头，"投奔"南路总指挥岳西峰。虽然岳西峰反共，还曾下令逮捕过王若飞同志和萧楚女同志，但史可轩认为岳西峰过去曾当过他的上司，中间虽要经过反动透顶的田生春的防地，但田一度和他同过事，熟人见面，总不会给他什么难堪。于是由史可轩带着部队，经过美原镇田生春防地向目的地前进。老奸巨猾的岳西峰早已设下了圈套，当史可轩同志刚到美原镇时，即遭田生春扣留，第二天就被枪杀了。

"保住这支革命武装"，是我们共同的信念。史可轩同志牺牲后，我们便推举许权中同志任总指挥。那时，岳西峰和国民革命军的冯子明矛盾很深，双方明争暗斗各不相让，因此，我们就"投奔"了冯子明，编为独立第三旅，许权中同志任旅长，部队驻在临潼县关山镇。取得合法地位之后，我们就开始秘密收容一些被敌人追捕得无处藏身的共产党员和暴露了共产党员身份的地下工作同志，抢救了许多同志，也壮大了党的武装力量。

后来部队移驻高陵县，冯子明便派赵杰三旅和他的行营主任包国才监视我们的行动，我们的人不管走到哪里，身后总是有他们的人盯梢。一天夜里，许权中同我在赵杰三的房子里闲谈，谈到深夜，赵杰三命令侍卫人员离开，压低声音向我们说："冯子明要我暗地里收拾你们！"许权中同志听了一怔，我说："别开玩笑，一没冤、二没仇的。""人家说你们是共产党！要小心啊！"赵杰三神情紧张地说。我们只是镇静地笑了笑，但自此后，我们就更加提高警惕了。

农历九月，部队移驻蓝田县许家庙一带，冯子明叫我们开往河南，我们不愿从命。在农历十月初的一个晚上，冯子明指使我们部队一个参谋主任惠介如（为蒋介石的暗探），策动我们的两个连长徐裴威和杨锡民举行暴乱。杨锡民同志是我们派去监视惠介如的，他立即把这关系革命部队存亡的消息告诉了许权中等同志，当晚我们就把惠介如这个坏蛋叫到旅长办公室，并召来了连以上的军官，惠介如被下了枪之后还假装镇静地问："这是为什么？""你做的事，你知道。"许权中同志大声说。接着他又对连以上军官说："兄弟们，我为了给老百姓做些好事，才搞工农革命，这也正是革命军的本分。可是，现在有人想把我们的摊子搞垮。""我们愿意听从旅长的命令，决不被敌人利用。"大家异口同声地喊着。惠介如被拖出房子枪毙了，但他的同谋韩威西跑去向冯子明报告了。第二天，冯子明指挥 5 个旅的兵力向我们扑来，同时还派一支部队日夜兼程直奔黑龙口，企图占领通往秦岭以南的要道，把我们从四面围困起来。

"干！接受史可轩同志牺牲的血的教训，是采取主动的时候了。"许权中果断决定抽出一个排摆在蓝田县东，阻击敌人的进攻，打破敌人由辋峪经牧护关抢占黑龙口的计划；另一个排夜渡灞河支流，偷袭敌人前卫司令部。深夜寒风飒飒，我们静静地蹚过河去，就在敌人酣睡的时候突然袭击了敌前卫司令部，敌军跟着司令部撤回 10 多里，我们趁机连夜急行军抢占了黑龙口，粉碎了敌人围歼我部的诡计。我们在黑龙口召集紧急会议，决定把部队拉到洛南，利用李虎臣和冯子明的矛盾，"投奔"李虎臣。部队从黑龙口开到洛南三要司，李虎臣见我们同冯子明翻了脸，正合他的心意，也没细追究什么，就把我们收编为第八方面军新编第三旅。

冬天时，我们要派人去省委请示工作，刘志丹等人从省委来了，他传达了省委临时指示，要在国民党和各派军阀的军队中通过党的领导实行武装起义，参加和配合农民进行武装斗争，打土豪、分田地，建立革命政权。接着我们开始整顿部队，肃清了部队内部的坏分子，撤换那些不称职的指挥员，把一些优秀的共产党员、共青团员提拔为基层领导，全旅面貌焕然一新。我们还在这一带发动群众，斗争恶霸地主，搜集地主恶霸在山中的存粮解决群众吃粮问题。群众的情绪高涨起来了，想尽一切办法帮助部队，我们有五门迫击炮，但炮弹很缺乏，群众就利用本地炼出的铁，帮助我们制造出了炮弹和木柄手榴弹。

后来，刘志丹转到地方做发动群众的工作，省委又把唐澍同志调来担任参谋长。我们开展练兵活动，两山之间的大河滩成了我们的练兵场，刺杀声、打靶的枪声、爆破的轰鸣声交响在山谷里。同志们嘴里不说心里都明白，这是武装起义的前奏，只要省委下达命令，部队马上就会打起红旗来。

在这紧张的时刻，李虎臣却要我们去攻打潼关，去消灭马鸿宾的部队。我们养兵蓄锐是为了起义，若是为地方军阀去争权夺利，岂不白流血汗？但不出兵，又怕暴露我们的意图。最后，我们决定一面缓步前行，一面急速请示省委。部队行至巡检司，省委来了指示：不要参加攻打潼关的战斗，迅速起义，去渭（南）华（县）配合当地农民的武装斗争。接到省委的指示，我们真是心花怒放，半年多来我们"投奔"过三个军头，和敌人明争暗斗，多少个夜晚提心吊胆，走过了艰难曲折的道路，为了保存这支革命的武装，史可轩同志献出了生命，今天总算盼到这一天了。

为了不暴露企图，我们当晚便离开了巡检司，向潼关方向前进。同时派雷天祥同志带 1 个营先去渭（南）华（县）。到了潼关，我们担任正面进攻，正巧马鸿宾来了个假投降，以便拖延时间调孙连仲军来支援，李虎臣信以为真，静等马鸿宾投降。唐澍同志认为：这正是离开潼关的好时机，立即宣布起义，把部队拉出潼关，全军人马直奔渭（南）华（县）。

赶到高塘镇，见到了地方党组织的领导人，我们汇报了这支部队从西安到渭华的经过，他们说："你们来得正好，这里的农民，在党的领导下已经起义了。如今正需这样一支武装力量。"

我们这支部队投入革命斗争后，革命声势就更浩大了。在陕东赤卫队配合下，我们就开始打土豪，前边是扛着枪的军队，后面是整齐的农民队伍，唱着歌，浩浩荡荡地直奔大豪绅的住处，像疾风扫落叶一样摧毁敌人乡村反动政权、驱逐地主武装和反动民团，在各村建立赤卫队和苏维埃政府。5 月中旬，西北工农革命军在高塘镇正式成立，刘志丹同志担任军委会主席，唐澍同志任总司令，部队编成 5 个大队，每队200人左右，另外还有一个手枪队和一个骑兵队。高塘镇举行了盛大的军民联欢会，绣着镰刀斧头的"西北工农革命军"字样的大红旗迎风招展。在一阵热烈的掌声中，刘志丹同志做了慷慨激昂的讲话，他讲述了穷人为什么穷，富人为什么富，要想不受穷，只有团结起来闹革命的道理，几千只臂膀举起来高呼着："打倒土豪劣绅！打倒国民党！共产党万岁！"唐澍同志接着讲话："镰刀斧头是武器，靠它，用它，只要齐心，就能把革命干成！"这次大会像是在疾风中燃起了烈火，革命的火焰燃烧得更旺盛了。

"革命起来了！"沸腾的人群打土豪的声势更为壮阔，真像过年一样，街上、村上红旗飘扬，革命人群川流不息。大人和小孩都唱着："农民苦，农民难，一年四季不得闲；打的粮食叫地主都收完。共产党，领导咱，打土豪，打劣绅，为咱农民来申冤。"

一天傍晚，我从大王庄回驻地箭峪口，身后跟来一位老大娘，拿着三个熟鸡蛋赶上来喊道："老总！你跟苏主席住在一块儿吧？请你把这几个熟鸡蛋捎给他。""苏主席？"我纳闷了。中共陕西省委书记潘自力同志来了，但他不姓苏呀？老大娘看出我不解的神情，忙说道："现在咱们中国不是有两个政府吗，一个是蒋介石政府，一个是苏维埃政府。咱们的政府主席不姓苏？"我这才恍然大悟。

敌人来进攻了。消息传来，正在田里锄草的农民跑回家拿起了火枪，在山坡上砍柴的放下扁担拿起了长柄斧……农民们纷纷武装起来，高呼着："保卫农民协会！""保卫苏维埃政权！"奔向了火线。敌人一个旅从渭南出发而来，他们刚刚到龙尾坡的南端，就遭到我们埋伏部队的突然袭击，丢下大片尸体逃回去了。没过两天，敌人又发动了进攻，这次是田金凯的一个师，呈扇形向我军步步围攻，每到一个村子就放起大火，高塘以北成为一片火海。我们没有游击战的经验，拉开战线阻击敌人，因敌人兵力数倍于我们，因此情况十分紧张。特别是魏家塬阵地上只有一个连防守，敌人一个团在进攻，步兵在炮火掩护下连续不断地冲锋，但都被我们打垮了；之后敌人又派了一股大部队，从崔家村东边向我正面部队身后迂回，企图先搞掉魏家塬，再攻占高塘镇。赤卫队副大队长薛自爽发现了敌人的阴谋，他快步跑回三教堂村，当当地敲起钟来，四乡的农民扛着锄头、长枪、大刀集聚起来，有四五百人之多，他把农民分成小队，喊了声："跟我走啊！"农民队伍像潮水般涌出了村庄。赶到崔家村，敌人刚分成散兵队形，一群一群地向坡上爬。薛自爽挥手让大家趴下，接着他"冲呀！杀呀！"地喊起来，几里长的阵地上喊声、杀声震天，此起彼落，霎时间敌人像遇到猛烈炮火打击一样，转身就往回跑，拥挤着溃退下去。

在箭峪口阵地上，敌人一个团向我们西路部队后侧袭来，企图把我们退路切断。当侧面敌人到了侯家崖时，薛自爽喊了声："赤卫队跟我来！"迅速把队伍带上去，占领了侯家崖村西的土坡，顽强抗击敌人。几天的残酷战斗，100

多人的赤卫队现在只剩下 10 多个人了。中午，许权中同志和我又把骑兵队带来，这时薛自爽已经负伤多处，头上、胸部都绑满了白布，脸也被硝烟熏得漆黑，衣服破得都露了肉，但他的眼睛熠熠有神，坚决不下火线。我们骑兵队击退了敌人三四次进攻，这时西路部队已撤到了箭峪口，占领山头掩护我们撤退。天色黑下来，我们接到上级指示，要东路部队和西路部队一齐向南山转移。

第二天中午，我们进入蓝田县境许家庙一带，过了几天得知东路部队撤到洛南县保安镇时，敌人以 3 个旅包围了唐澍同志率领的部队，战斗非常激烈，唐澍同志光荣地牺牲了，敌人把他的头割下来挂在城楼上示众，真是惨无人道啊！

这次起义虽然失败了，但是我们却从中得到了锻炼、取得了教训，我们并没有因此灰心而放弃斗争，相反我们带着这次失败的教训转入了新的斗争。

渭华暴动中的工农革命军[*]

高克林

在大革命高潮中，西北特别是陕西省的革命形势非常好。1926年9月，在共产党的指引下，以刘伯坚同志为首的一批共产党员和从苏联回国的冯玉祥在西北地区组成新的革命军。同期，于右任也从苏联回国，到陕西与冯玉祥合作，任国民军联军驻陕总司令，在西北地区创办一个类似黄埔军校的军事学校，名为"中山军事学校"，学校领导是校长史可轩（共产党员，早年参加辛亥革命，从苏联回国的），副校长李林（共产党员），政治部主任邓希贤（即邓小平同志，共产党员）。

中山军事学校1927年初开始招生，学员大部分来自青年学生，也有一些工人、农民和革命军人，全校建立一个总队，总队长许权中（共产党员），直辖3个大队，大队长都

---

* 本文原标题为《回忆参加渭华暴动中的工农革命军》，收录时做了适当修改。

是共产党员，每大队设一个党支部。到 6 月份，全校已有学员 700 多人，教职员工有共产党员七八十人。我原名高文敏，在学校任政治部组织科科长，负责全校的建党建团工作。

1927 年 6 月，冯玉祥追随蒋介石反共后，为了肃清国民军联军中的共产党员，排除地方上的异己势力，假借召开国民军联军政治工作会议名义，把各政治部主任和其他公开身份的共产党员都调离各军到郑州开会，中山军事学校的李林同志、邓希贤同志就是这次被调离军校的。不久，冯就赶走了于右任，派宋哲元独揽陕西省军政大权。6 月下旬，冯玉祥命令史可轩率中山军事学校和政治保卫队撤离西安，开赴河南省洛阳一带整训。史可轩、杨晓初和我共同商量，认为冯玉祥的紧急调令目的是要消灭这两支部队，我们决定表面接受冯玉祥的调遣命令，由史可轩同志带领两支部队先离开西安，但不出潼关。

7 月初，我们由西安市以北草滩镇乘船顺渭河东下，一方面派人到陕北了解情况，准备把部队带到陕北去创建新的革命根据地；另一方面史可轩也派人到国民第二军上层人中进行联系，企图另找暂时落脚的地方。史可轩带着部队从交口镇一带向陕北转移，途经富平县美原镇，该镇驻军是国民第二军田生春师，史可轩和田是老相识，便亲自去找田，打算说服田反冯玉祥，并商请田让路给我们队伍到陕北去。不料，田生春当晚竟将史可轩同志杀害了。第二天部队又由美原镇返回临潼县栎阳镇附近一带，由许权中担任部队总指挥，我们仍决定不接受冯玉祥的调遣命令。这时，周围有冯玉祥、冯子明、岳子明、岳西峰、甄寿珊等大小军阀的部队把我们团团围住，都想吃掉我们这块"肥肉"。为了利用军阀矛盾，保存我军实力，我们接受了陕西地方军阀、国民第二军冯子明部队的改编，番号是暂编第三旅，驻扎在临潼县关山镇，旅长是许权中。内部确定，取消中山军事学校，改编为教导营，营长高致凯，我担任教导员，主要任务是做许旅部队的政治工作，继续做建党建团工作。史可轩同志牺牲后，我们军队和上级党组织失去了联系，许权中、杨晓初和我商量由我去找中共陕西省委。在西安，我和陕西省委组织部部长兼军委书记李子洲同志取得了联系，省委决定在许旅建立旅党委，直接属省委领导，并决定由我担任旅党委书记。部队的任务是就地扩军整训，在士兵中发展党团员，以待时机。

不久，冯玉祥为了巩固他在西北的大后方，清除异己，再次强令陕西的小军阀由岳西峰、李虎臣统率，到河南南阳地区整训。旅党委决定，这支部队准备脱离冯子明，到陕北建立革命根据地。恰在这时，省委接到中央指示，要我们部队将计就计，随岳西峰、李虎臣、冯子明等陕西国民第二军乘机开赴鄂、豫、川、陕接合部，配合地方党组织发动群众举行起义，建立边区苏维埃政权。我们随冯子明部南渡渭河到蓝田时，潜伏在我军内部的蒋介石秘密特务惠介如（蒋介石委任的西北宣慰使）勾结冯子明等反动势力，妄图杀害许权中等共产党员，进行反革命叛乱。我们及时发现后，处决了惠介如，驱逐了其同谋韩威西等反动势力，宣布脱离冯子明，向东移至商县黑龙口和渭南的厚子头镇一带。正在这时，我们接到省委指示，中央取消了在鄂、豫、川、陕建立根据地的计划，要我们设法保存实力，就地整训，听候党的新指示。许权中同志利用他的社会关系，又改归属李虎臣，编为李虎臣的新编第三旅，开到洛南县三要司镇驻防。

1927 年秋冬，省委为了加强对许旅的领导，派刘志丹等来三要司镇，参加许旅和党委领导工作，刘志丹任旅参谋主任。1928 年 1 月至 2 月间，省委着手准备渭华暴动，先后两次要我去省委商量许权中旅参加渭华农民暴动的事情。其间，省委为了加强暴动准备工作，陆续派来唐澍、谢子长、廉益民、吴浩然、王泰吉等同志，唐澍任旅参谋长，谢子长任二营副营长。

1928 年春，陕西省地方军阀联合起来反对冯玉祥，驻在商洛地区的李虎臣命令许旅攻占西安。这时，中共陕西省委指示许旅不参加军阀混战，但要利用军阀混战之机，准备参加渭华暴动。旅党委开会认为，三要司地处秦岭之南，无法飞越秦岭，周围有李虎臣部队的监视，如果就地起义，有被消灭的危险，因此决定部队利用机会翻越秦岭后再举行起义，脱离李虎臣部，参加渭华暴动。关于参加军阀混战问题，多数同志不主张参加，只有许权中同志主张先攻占潼关，挑起军阀混战，然后再到渭华参加暴动。当部队开到潼关县南原的十二连城一带时，许权中坚持他的意见，并带领杨晓初到潼关城附近侦察地形。唐澍、刘志丹和我商量决定，趁许、杨外出侦察地形之机，分别到各部队驻扎营地带领队伍直奔渭华参加暴动。由于时间紧迫，来不及召开党委会议，只能紧急动员分头行动。

天还没黑，部队开始向渭华方向移动。许权中和杨晓初回到原司令部营地，发现部队已走，他们也跟着赶部队来了。经过准备，在瓜坡镇附近的一个村庄里召开了军人大会，宣告武装起义，脱离李虎臣，脱离军阀混战，成立以共产党为领导的工农革命军，全旅官兵群情激昂，举起工农革命军的红旗，摘掉国民党的帽徽，激动地高呼口号："打倒国民党政府！""反对军阀混战！""打倒土豪劣绅！""分配土地给农民！""建立苏维埃政权！""共产党万岁！"同时，宣布成立工农革命军的最高权力机构——军事委员会，刘志丹任主席，总司令员唐澍，参谋长王泰吉，我任参谋主任，政治部主任廉益民，军党委书记吴浩然，许权中担任工农革命军的总顾问，杨晓初担任工农革命军财政经济委员，总司令部下设4个大队、1个赤卫队、1个骑兵小分队，共有指战员近千人。

1928年初，陕西省委根据中央指示精神，要求全省各地党组织"开展游击战争，由部分农民暴动过渡到全陕总暴动"，5月1日开始，以渭南县、华县为中心发动大规模的有工农革命军参加的农民暴动。5月中旬的一天，中共华县县委在高塘镇召开有万人参加的军民联欢大会，庆祝军民联合暴动。工农革命军司令部设在高塘镇。为了扑灭渭华暴动的熊熊烈火，李虎臣部从商县由南向北，宋哲元亲自到渭南、华县赤水镇一带由北往南，对我们进行夹击围攻。他们组织大于我10倍以上的兵力，数次"围剿"我军，镇压农民暴动。

6月初的一天拂晓，宋哲元以1个旅的兵力从渭南县城向东南进攻，妄图经龙尾坡攻占塔山，遭我埋伏在段家附近的第四大队和陕东赤卫队伏击，敌人被迫撤退，我们粉碎了敌人第一次围攻。6月10日，敌人以田金凯1个骑兵师为主力，妄图一举攻占我军高塘镇司令部。在敌人发动这次攻势前，我们第二大队已派出袭击华县县城，敌人攻打高塘镇时，我司令部兵力空虚，在魏家塬阵地上我军只有1个连和司令部赤卫队的兵力阻击敌人1个师。在这紧张之际，我们第二大队赶回，从东西两面对敌形成夹攻之势，敌人仓皇逃走，我们取得了第二次反围攻的胜利。6月19日，敌人以孙连仲、魏凤楼、田金凯3个师的兵力，向我军发动了第三次围攻，敌人3个师分东、西、中三路向我高塘和塔山据点进攻。工农革命军在唐澍、刘志丹、许权中等分别指挥下，英勇阻击各路来犯之敌，但由于寡不敌众，我军和陕东赤卫队被迫撤退到牛峪口、箭峪口一线。6月20日下午，敌人又以全部兵力袭击我军阵地，当天晚上我们退出渭华暴动的中心地区，转入南山、商洛地区。6月22日，我军各路部队500多人相继在洛南县两岔河一带集结。

敌人占领了渭华农民暴动地区，对农民实行最野蛮的屠杀政策，"清乡团"杀害许多农民、共产党员，人民群众重遭涂炭。我军集结在以两岔河为中心的地区后，总司令部命令第一、第二大队进驻洛南县保安镇，李虎臣部方少海即率5旅之众包围了保安镇。我部组织突围时，总司令唐澍带领六七十名战士从两岔河赶来增援，结果在保安镇附近陷入敌人重重包围。在敌人兵力占绝对优势情况下，同志们英勇奋战、前仆后继，除一位警卫员受伤外，唐澍等六七十人全部壮烈牺牲。工农革命军经顽强战斗终于突破了敌人的包围，但唐澍、廉益民、吴浩然、李大德、赵雅生等领导同志先后牺牲。7月初，我军全部300多人由许权中同志带领向蓝田一带转移。我因患疾病隐蔽在一个山沟里养病。刘志丹回西安向省委汇报，并准备回陕北重新组织武装起义。

渭华暴动是我党在西北地区领导的一次声势浩大的农民暴动，工农革命军有力地配合了农民暴动，推动了西北革命形势的发展，为我党领导工农武装配合农民暴动积累了宝贵的经验。

清涧起义

阎红彦

1924 年，陕北军阀井岳秀部下有个名叫石谦的，因为他是个拐子，人们都叫他"石拐子"。他升了营长以后，共产党员谢子长和李象九同志就在石部先后成立了 2 个连队，我当时就在李象九连里。

我们每人一杆陕北造的步枪，每天清早上两个钟头军事操，接着要上七堂课。谢子长、李象九从榆林中学和绥德第四师范请来一些进步教员，给我们讲"劳农政府""马克思主义浅说"等，教我们学习"平民千字课"和"算术"。连里还订了《中国青年》《向导》等杂志。共产党员李子洲、魏野畴、杨明轩等同志也经常来讲演宣传革命。我们的连长李象九从来不穿军衣，爱穿一身朴素便衣，他常给我们讲《水浒传》，灌输劫富济贫的思想，他讲课有声有色，听得你眉飞色舞。在共产党的影响下，石谦也表示赞助革命，他说："谁不革命，就不是娘老子养的。"

谢子长和李象九在部队中秘密建立共产党支部,他俩领导的连中很多人参加了中国共产党。我在 1925 年入了党,我们连的党支部书记是史唯然。我们连里的生活很活跃,士兵们组织了自治会,自治会领导士兵自己缝衣服做鞋、学唱歌、演新戏、踢足球,我们最喜欢唱《国际歌》,每到傍晚休息的时候,连队里的歌声就响起来了。连里提倡艰苦朴素作风,禁止官兵抽烟喝酒。

大革命失败后,武汉、长沙、西安等地反革命势力极力向革命进攻,驻防陕北榆林的军阀井岳秀也开始向革命进攻,他乘石谦到榆林给他拜寿的时候,要石谦把谢子长、李象九交给他,企图扑灭这支受过革命训练的武装力量。石谦受大革命的影响,又因和李象九是同乡,不肯交出谢子长和李象九,井岳秀便于 1927 年南昌起义后不久暗杀了石谦。

在石谦被暗杀以前,中共陕西省委就秘密派了唐澍同志到我们部队里来,大家都称他唐先生。他一到部队就整天开会练兵,给部队讲当时的革命形势,揭露蒋介石、汪精卫叛变革命的罪行。当我们听到南昌起义的时候,受到了很大的鼓舞。我们部队控制的其他几个县经常有人来清涧联系、送信,来人不是部队上的,就是地方党组织的,气氛十分紧张。虽然我弄不清是怎么回事,但我已觉察到要出什么事了。这时候又传来石谦旅长被杀的消息,整个部队都很愤怒、很激动。有一天,李象九告诉我要起义了,具体我弄不清楚。一天晚上,我们部队秘密地把所有党员都叫去开会,说省委有指示，要打倒军阀官僚、土豪劣绅，要在"为石谦旅长报仇"的口号下举行武装起义，并对起义做了具体布置，决定在第二天动手。大概是兴奋的缘故吧，这一天晚上，我好像没有好好睡过。在前一个时期学了些革命道理，眼看着就要干起来了，这对我们年轻人来说特别感到兴奋。

第二天是 10 月 12 日，各地方党派来的学生、教员等参加起义的人，都领了枪弹，整天都在做准备工作。李象九集合全体部队讲话，宣布起义，每个人胳膊上都绑上红布，把准备好的标语到处张贴，一部分人分头去抓土豪，给我的任务是抓县长。盼望好久的起义就这样开始了。我们抓住了县长，打了几十家土豪劣绅，闹了一整夜。第二天从清涧出发，经过延川、延长，这两个县都驻有我们的人，占领了宜川。在延长，枪毙了原石谦旅反动的二营营长齐梅卿，缴了他一个反动连的械。沿路许多地方党组织，发动党员和进步青年知识分子参加进我们队伍里来，他们的情绪也非常高昂。这样大闹大斗，接连有五六天没有好好睡觉，可是谁都不知道什么叫危险、疲劳，只感到完成了一件大事，心里头有说不出的高兴和痛快。

在宜川，队伍改编为 3 个营，推举李象九当旅长。这支武装虽然基本上是党领导的，但是成分极为复杂，有很多旧军官和士兵，参加起义的动机各不相同，来不及加以整训。领导上没重视先整顿部队内部，当时也不懂得发动群众、开展游击战建立根据地。听说井岳秀派兵来打，起先坚守宜川，敌人集中四面围攻时，又仓促决定突围。这时由谢子长带领1个营在前头打，突破了缺口，并占领了敌人一部分阵地；可是后面牲口、家眷一大堆，没出城就你挤我争乱成一团，有一部分竟跑散了，只有谢子长带领的第一营和其他各部中的几百名青年突围出来，退到了宜川西面的大南川。

1927年底，我们在韩城附近正式成立了西北工农革命军，唐澍任总指挥、谢子长任副总指挥。由于对敌我力量估计不足，又决定攻打宜川，结果遭受了很大损失，最后不得不往北走。敌人紧紧追赶，我们的子弹打光了，为了保存人和枪，只好暂时分散。后来谢子长和唐澍同志决定化装去西安找省委，临走时他俩给我们说了许多勉励的话。有的同志因为舍不得他们走，当场就哭了。

这次起义虽然失败了，但这次斗争培养和锻炼了一批陕北革命斗争的青年骨干，在当地群众中播下了革命的种子。

参加清涧起义[*]

呼延震西

1924 年，我从杨虎城办的榆林军事讲习所毕业后，在石谦部李桂云连当见习。李象九是我党在石谦部最早的党员，他在组建老三连时，把我要去当一排长。因刚组建的连队是空架子，象九让我到清涧招兵，我在同乡中串联活动，一次就领回了 30 余人。由于连里的士兵大多有些文化，上课学习、出操训练从不间断，所以外界称为"学生连"，这是以后李象九部队的根底，部队内部习惯上称为"老三连"。

三连从 1924 年秋组建到 1925 年夏一直驻在瓦窑堡。1925 年春，石谦团部移驻延安，将绥德的防务交给我连，李象九让我带一排前往驻扎。在绥德期间，我常去绥德师范，和李子洲、白明善等共产党员接触，接受了革命思想的

---

[*] 本文原标题为《清涧起义的回忆》，收录时做了适当修改。

影响，后经白乐亭同志的介绍参加了共产党。后来部队建立了党的支部，发展了很多党员，凡是表现优秀的士兵，经过考察后，一般都吸收为党员。清涧起义前，党员数量占到全连的一半，阎红彦、雷恩钧、白锡林、刘孝睦、井阳春等都是这期间入党的。谢子长连有我们党的一个支部，三个排长和不少班长都是共产党员。当时党在部队的活动是秘密进行的，一般不开支部大会和小组会，不进行集体活动，党内有事，就三三两两地出去，装作散步、说家常，悄悄把党布置的事就谈了。

党很重视部队的思想建设，党组织负责人经常来部队讲话，提高党员和士兵的政治觉悟。部队在瓦窑堡驻防时，杨明轩、王懋廷以教员身份到部队讲话，党还派一些有水平、有能力的同志到部队工作，直接地、经常地做思想政治工作。此外，党组织还办过干部训练班，提高干部的思想水平。在党的领导和教育下，部队的政治觉悟有了提高，对陕北革命高潮的出现起了积极作用。

随着党在石谦部队活动的扩大和深入，石谦有所察觉，但是他对党的活动不加限制，原因是李象九等党员利用同乡关系，对他做了很多宣传、开导工作，他的干儿子王有才、亲儿子石介都是党员，对他有一定的影响。石谦是个粗人，不太识字，但很尊重知识分子，团部在绥德驻扎期间，石谦常去看望李子洲同志，相互交往颇深。由于这些因素，石谦同情共产党，倾向革命，对党派到部队工作的同志比较信任。

在党的影响下，石谦对井岳秀的反动统治有所不满，但他是井岳秀一手提拔起来的，存有报恩思想，不愿公开翻脸。1926 年 12 月，石谦率部攻打韩城时，井岳秀的亲信高双成也率部前去，高双成发现石谦部有共产党活动，遂向井岳秀密报。井岳秀发现石谦对他不满并同情我党，就预谋要将石谦杀死。1927 年 8 月，井利用石给他拜寿的机会，派人把石打死在榆林城，并立即委任反动营长康子祥接任旅长。这时，石谦旧部驻扎在清涧、安定、延川、延长、宜川五县，旅部在宜川。

决定起义后，部队做了紧张的准备工作。首先，封了大商号一银柜，没收了全部大烟土，并将县知事和大绅士集合起来，声言借钱，并不加伤害，一共筹集了 200 多驮辎重。同时，派人速去宜川，通知李瑞成连长做内应，并和驻在瓦窑堡的种宝卿骑兵团拉好关系以防不测。起义行动部署是很秘密的，党内也是秘密传达，谢子长只对我说："部队最近要行动，准备去宜川。要绝对秘密！"

起义的时候，李象九召集全体部队讲话："为老旅长报仇，现在打宜川。"部队按计划有秩序地开出清涧城，向延川进发。下午，部队与王有才连在延川会合，第三天到达延长。进城时，齐梅卿不知道部队已起义没有戒备，部队顺利进城后住在店里，齐梅卿来到谢子长住处请谢到营部去，谢即下令将齐绑起来，要他下令部队缴了枪，只有山上一个排闻讯逃跑了。部队到宜川后，里应外合顺利拿下了宜川城，和李瑞成、王振娃等会合，康子祥见大事不妙带着他原来的两个连顺凤翅山向延安方向逃跑了。这时，起义部队声势大振，实力比较雄厚。

在宜川驻防期间，唐澍和李象九在下一步军事行动和整编部队上发生了分歧。唐澍提出把部队拉到离城30里路的交道原设防，那里地势好，居高临下，扼住交通要道，便于部队进退。并要求肃清内奸，将不是党员的连、排、班长撤换或调动，由党员同志担任各级干部。李象九没有采纳唐澍的意见，他进城就把部队布置在城外设防，然后将部队进行整编，李象九任旅长。谢子长赞成唐澍的意见，但李象九没有同意，李象九与石谦旧部军官关系较好，撤换他们在感情上接受不了，还考虑团结部队、稳定军心的问题。

我们在宜川设防时，谢子长向我传达说："我们的友军驻在蒲城（指许权中旅），不久就要上来了。"但始终没见许权中旅和我们会合，形成了坐守孤城的局面。这时，井岳秀命令高双成加紧向宜川进攻。高双成派人给起义部队的各连干部写信，煽动他们投降叛变，企图瓦解我军。我们的大多数干部都予以抵制，只有连长雷进才和部分班、排长与敌人勾结，暗中破坏我军行动。敌人向宜川总攻时，雷进才不放枪，从前面退到七郎山，对我们人喊道："不要乱打枪，听我指挥！"我很奇怪，怎么听你的指挥呢？七郎山是在城里，和敌军打了10多分钟撤了下去，其他阵地相继失守。

凤翅山还布置了两道防线，庙里放了一个连做准备，但没有发挥作用。李象九见情况紧急，命令部队突围，由于突围仓促缺乏计划，部队损失很大，辎重没有带出来一点。

突围后，部队向韩城方向退却，路上休息时雷进才又要煽动部队叛变，李象九迅速将这个叛徒枪决了。部队到韩城的西庄后，只剩下 300 余人，主要是原谢子长连和老三连的基本队伍，这两个连受党教育多年，政治觉悟较高，加上党的工作扎实，很少有人叛变逃跑。这时，唐澍、阎揆要从西安来到部队，唐任参谋长，主持部队事务。

礼泉农民起义*

杨居智

1928年2月的一天，秋步月从礼泉县南乡捎来一个白麻纸条，说团省委程士诚来礼泉巡视工作，叫党、团县委成员于晚上在古村韩发孟书房参加会议。会上传达了上级精神，决定举行礼泉农民起义，给恶势力一个无情的"当头棒"。

3月下旬，我们正在县东乡发动农民起义，反动县长朱家骧奉省令来阡东小学逮捕段育藩，此时段担任省西、乾、礼、扶、眉等县总交通职务，段育藩闻风离开了，校长赵志静越墙逃脱。随后，朱家骧又带领一哨人马，到段家崖对面追捕段育藩。我和秋步月、曹佑武由县北乡回阡东，刚从段家崖的沟岸上爬上来，几乎和敌人打了个照面，我们急忙躲到麦地里隐藏起来。阡东小学被查封，我们就在陈家村东南角一座古庙里召开党、团县委紧急会议，专门讨论了党、团

---

* 本文原标题为《礼泉农民起义经过》，收录时做了适当修改。

县委机关由阡东小学转移问题和全县各乡发动农民起义的情况。会议结束不久，党、团县委机关就迁移到县东北乡山区的东坪墅，在这里党、团负责干部日夜忙碌，草拟宣言和传单，同时派出一批干部深入农村，加紧发动农民起义。党、团员披星戴月，到处张贴标语、散发传单，充分表现了完成任务的忠诚态度。

1928年4月29日早上，秋步月、赵志静和我正在东坪里一个土窑里熟睡的时候，探听消息的韩生辉一踏进窑门就给我们说："这几日城内没有驻军，南坊有一股土匪打算进县城。"秋步月认为是起义的大好时机，就急忙召开临时会议，决定立即行动。29日晚8点左右，我们在万缘寺召开党、团县委扩大会议，到会的党、团干部80余人，其中自卫团的骨干超过半数。开会前齐声高唱《国际歌》，鼓舞大家的战斗意志，并在热烈的掌声中通过6项决议：（一）由武装干部和自卫团推动附近的各村农民；（二）由党、团县委抽出若干干部分头领导；（三）段培德为总交通，坐镇于裴旗寨探听消息；（四）用鸡毛传帖发通知，限5月1日中午12点包围礼泉县城；（五）进城后首先成立苏维埃政府，秋步月任临时主席；（六）焚烧资本家账簿，杀死反动头目与叛徒，以泄群愤。

4月30日，党、团干部全部深入各乡，按划分的区域就地发动农民。农民听说起义是免粮、免款都积极参加，当时留邻村有个老头叫刘春景，60多岁，是留邻、白村一带的自卫团负责人，他骑着毛驴走村串乡见人就喊："大家上县围城去！看那些瞎瞎绅士能跑到啥地方去，狗日的把人整拶咧！"老头精力充沛，东奔西跑，颇有老英雄督阵的气概。

5月1日，东方还没发白的时候，全县各乡发动了成千上万的农民，扛着权把、扫帚、铁锹、梭镖等武器开始围城，南乡一带农民把县南门包围起来，高呼"打倒土豪劣绅，铲除贪官污吏"的口号，吼着要冲进县城。县长朱家骧带着几个大劣绅站在南城上，一面假装着姿态再三拦阻农民不要进城，一面暗里调动衙役开枪向围城农民射击。由于指挥不当，农民一闻枪声就纷纷撤退，南门外的围城遭到失败。

到下午4点左右，东乡和东北乡的农民高呼"中国共产党万岁""苏维埃政府万岁"等口号，一直拥到县东城壕前，把城门包围起来。扶村一个老农左腕被流弹穿伤，激起了农民的愤怒。这时天已黄昏，农民坚持继续围城，毫无松懈的意思。到了晚上，围城农民都在东门外守着，秋步月和党、团县委干部来回巡视，这时部分农民因饥饿撤退，围城有些松劲。这时有人主张收兵回营，秋步月召集党团主要干部和各村自卫团负责人讲话，宣布继续围城，不准有丝毫动摇。

2日清晨，县委派赵志静到阡东镇一带继续发动农民，组织后备力量。在吃饭的时候，县城附近各村的老汉、老婆婆给围城农民送馍、送水，支援围城。这时大地主袁家给泔河油坊拉了两大车麦子，途经东门外时，我们即下令没收，分给贫苦农民。这样就产生了巨大的影响，围城农民情绪顿时高涨起来。这时各村自卫团负责人都纷纷要求发黄表、辰砂，准备传符，县委立即派人到赵镇购买，鼓励大家晚上攻城。

2日中午，城里派出一名副官出城调解，县委派张学海出面谈判，由秋步月拟了三条谈判条件：第一条，豁免粮款；第二条，把劣绅二王和李蔚之撤职惩办；第三条，交出叛徒曹东山的首级。副官答应回城转达后再做答复，结果石沉大海。这时抓到一个形迹可疑的人，经审查是王惠儿的部下，王惠儿是南乡一股土匪的首领，于是党、团县委派秋步月、曹佑武等人去找王惠儿，想争取这股武装力量支援农民攻城。

我们在围攻县城以前，探听城内没有驻军，后起义风声紧急，反动派手忙脚乱，在围城前的一天晚上，把南坊、叱干一带的土匪陈伯龙、李世龙暗中调进县城，预先准备枪支，赶制铡刀，编成大刀队。2日下午5点左右，陈、李二匪带领大刀队，偷偷溜出大门，从一个大壕里爬到南店后边，开始对东门外的围城农民实行包围。敌人和手持权把、扫帚、梭镖的农民打起来了，战况非常激烈。围城农民不顾生死和敌人搏斗，但因部分农民逃散，态势难以挽救。枪响时我们以为王惠儿的援兵来了，思想上毫无戒备，一些党团干部和农民有60余人没有冲出包围圈被敌人捆绑，我和安廷选藏到一个烂窑里幸免于难。

这时秋步月等和王惠儿商谈，开始王答应支援长枪百支，晚上派人协助攻城，忽闻县城附近枪声紧急，王就不谈了。秋步月等趁夜深人静之际赶到东门外，围城已惨遭失败，他们分头去县东乡西张堡隐藏。

2日晚，敌人把捆绑的党、团干部和围城农民拉进县城，关押在县府看守所，并把抢去的党内文件和一面镰刀斧头红旗呈报省府请赏邀功。反动省政府急电礼泉当局，勒令"就地正法"。徐连宽遭到敌人的严刑拷打，他大骂敌人无耻，从容就义，表现了共产党员的革命英雄气概；张文章被敌人砍了几刀，卸了脚镣释放，后知其是共产党员，又派人马上追击，张文章从小路逃脱幸免于难；刘现虎起义前潜入城内不幸被敌人发现，被严刑拷打多次，始终不吐一字，被关押两个月后只好释放。起义惨遭失败后，县委负责干部有三分之一牺牲了。

在革命的浪潮中，我们虽然受了很大的挫折，但并没有丧失斗志，绝不能因此止步。我们重新建立组织，恢复党团活动，以便打开新的局面。

旬邑起义亲历记[*]

马志超

1927 年秋，中共陕西省委陆续派吕凤岐、吕佑乾、王浪波等同志来旬邑主持工作，积极宣传马列主义，发展党团组织，进行武装起义的准备工作。当时党组织的中心工作是整顿和扩大党团组织，宣传教育广大群众，把他们组织起来，与反动官府和土豪劣绅进行斗争，在条件成熟时举行暴动。是年旬邑久旱无雨，加上蝗灾，庄稼薄收，农民生活极端贫苦。特别是自 1927 年夏，反动县长庞天赖无视农民痛苦，派军警入乡催粮派款、拉丁拉夫，稍有反抗即绑镣铐游街示众，致使群众饥寒交迫、怨声载道。

为解救群众疾苦，支持群众斗争，党团员散发了打倒贪官污吏、土豪劣绅和抗粮款的标语、传单。县长庞天赖残酷镇压革命力量，逮捕了王廷璧、王日省、王子健等人，严刑

---

* 本文原标题为《栒邑起义亲历记》，收录时做了适当修改。旬邑曾用"栒邑"。

审讯，迫令他们供出党的组织，并大肆辱骂共产党和人民群众的革命行动。在这种情况下，旬邑党组织按照省委指示和当地实际情况，加紧了武装起义准备工作。不料起义组织工作尚未成熟，庞天赖被调走，新任县长李克宣看到群情沸腾，为了缓和局势，暂时放松了征粮派款，释放了部分被监禁的欠粮农民。为了不失时机地领导群众继续与国民党反动派斗争，党组织仍坚决地领导了轰轰烈烈的旬邑起义。

起义前，吕佑乾在安仁村龙王庙召开了县城附近的党员大会，他详细讲述了当时的政治形势，分析了发动起义的主客观条件，传达了上级党组织的指示，揭露了国民党反动派的本质和罪行。起义前夜，吕凤岐召集宝塔小学的党员在文庙大殿里开会，人刚到齐，从外面进来一个生人，吕凤岐立即叫我们分散从后门出去，又回宝塔小学开会。在会上布置了一些具体准备工作，要求我们晚上能不回家的就尽量不回家，并叮咛不要脱衣服，不要睡得太死。

农历三月十八黎明，由许才升领导的数百人的起义队伍，在城内党组织的配合下攻破县城，打开监狱，救出了被关押的共产党员和无辜群众。起义队伍经过粮秣局时，杀死了几个平日作恶多端的坏蛋。县政府的职员纷纷逃跑，县长李克宣从后门逃出，藏在凤凰山一群众家里。有人劝他逃跑，他说："农民来向政府'交农'，怕什么，我也没有结下私仇，只要他们提出条件我就答应，用不着逃跑。"后来李自动到宝塔小学学生宿舍中来了，我和崔维峻当即给吕凤岐做了汇报。在斗争李克宣时，我们都集合在宝塔小学大门外，不少群众也赶来参加，李克宣已经吓得不能说话，只是翻来覆去地重复"大伙听我说……"。对于"交农"，旬邑县农民并不生疏，这几年间已经发生过数次，而杀县长在群众中还是有些恐惧。再说李克宣来的时间不长，其恶迹也未充分暴露出来，因而一些老年人极力保李克宣，有些老年人甚至跪下求情，不让把李克宣带走。由于事前未做好充分的准备工作和思想工作，只好暂时让一些老年人把李克宣保走，安置在兴盛德商号内。后又恐李不死心，勾结军队到旬邑于我不利，即将李杀死在该商号内。

旬邑起义以后，很快出现了一个革命的高潮，同志们的工作都非常忙碌。崔维峻当时在宝塔小学负责印刷宣传品，我常帮助他刻蜡版、推印、整理材料，有时连饭都顾不上吃。党组织将起义群众和学生中的党员编成几个宣传队，深入各村镇发动群众，建立农会、打土豪、分粮食。我们十几个人被编到张洪镇的宣传队里，趁赶集向群众宣传。当时我年龄仅 16 岁，背着大刀感到非常兴奋。我爷爷以为我跟着看热闹，硬不准我去，最后我还是偷跑了。到张洪镇后，由老师在群众集会上讲话，向群众讲述穷人所受的剥削压迫和革命道理。我们则张贴标语、集合群众、维持秩序、呼喊口号等，还有专门负责抓豪绅的人。

待我们回来之后，旬邑县苏维埃政府已经成立了，牌匾是用红布制作的，上面写着"旬邑县临时苏维埃政府"几个大字，绣着镰刀斧头的红旗迎风飘扬。当时大多数人还不知道苏维埃是什么意思，群众经常议论，有人说苏维埃是个人，他还见过。

刘汉兴是军村人，他参加起义可能是同村的王廷璧叫来的，当时看来年龄不大，伪装得非常积极。起义领导人和教师都在宝塔小学前院的厦房中住，他们都习惯于晚上办公，早晨起来得较晚。我们学生中的党团员和积极分子都住在后院宿舍。刘汉兴等叛变的那天早晨，我们几个人看到从南街方向来了很多人，呼喊着向宝塔小学方向跑，及至很近时，我们才觉得有问题，赶快跑回学校喊人起来。但刘汉兴等人很快冲进学校，我们跑到二门时，看到吕凤岐刚起来向外跑，正扣衣服扣子，被敌人用矛子戳了一下，其他起义领导人也均被捕。程国柱有些拳术，身子很利索，从宝塔小学翻墙跑到娘娘庙里，但也被敌人戳伤逮捕。许才升后来也被敌人逮捕了。敌人把旬邑起义的 7 名领导人当天押到上官庄，第二天又用牛车押到张洪镇枪杀了。随后，敌人进行了疯狂的报复，许多参加起义的同志被捕杀。反动军队和地方恶绅还借端生事，敲诈勒索，凡稍有牵连者，无一幸免。

旬邑起义在党的领导下，杀官劫狱，打土豪，分粮食，成立了苏维埃政府。在起义过程中，党团员和革命人民发扬大无畏的革命精神，与敌人进行了不屈不挠的斗争，为以后旬邑革命力量的成长打下了良好的基础。

西华池起义

杨　林

1930 年春，我和贺晋年、张秀山等同志跟随陕北党组织和红军创建人之一的谢子长同志，到国民党杂牌军队王子元旅做兵运工作。不久，谢子长同志离开这个部队，到陕甘边区同刘志丹等同志一起，领导创建红军和革命根据地工作。我们根据党的决定，一直在这个部队里坚持做兵运工作。

1932 年初春，王子元旅驻在甘肃靖远县，党派谢子长同志到这个部队领导起义。当时，他是中国工农红军陕甘边游击支队（红二十六军前身）总指挥，刘志丹是副总指挥。他到这个部队后，很快地组织和领导了一次起义，这就是西北革命斗争史上著名的靖远起义。靖远起义失败后，我和高昆山、郝维新等同志经海原、固原等地来到平凉，找到王世泰同志，当时他在杨虎城部杨子恒旅以当兵为掩护做兵运工作。在这里，我又遇见了高照壁等几个革命青年，我们几个

49

人经过反复磋商，决定到兰州参加孙蔚如部教导团，开展兵运工作。

我们一行数人步行离开平凉向兰州进发，经过和尚铺，翻越六盘山，到了隆德县城，正巧碰见刚从兰州来的谢子长同志。当我把靖远起义的遭遇，以及去兰州开展工作的想法向他说明后，他沉思片刻直截了当地说："靖远兵暴后，兰州形势紧迫，暂时不宜去，还是去陇东开展工作为好。"我们接受了他的意见，随即掉转方向返回平凉。走了一程，又遇见要去兰州报考教导团的苏杰儒同志，经谢子长同志谈话后，他也随我们一起同行了。

当我们赶到平凉时，为了安全起见没有进城，绕道城外柳湖到了东关，只见一大群人围着争看一张告示，我们凑上去看后不觉一惊，原来是一张"悬赏通缉"谢子长、刘志丹的告示。我们不约而同地把目光投向谢子长同志，但见他从容不迫地边走边说："赏价不低呀！可惜他抓不住！"在平凉东关，我们找了个小饭馆坐下来休息吃饭，谢子长叫我去买来一张新的《西京日报》，头版头条就是吹嘘国民党军队在陕甘边区"围剿"谢刘"共匪"的新闻，看后大家不禁哑然失笑。饭后，天已渐渐黑下来，我们又继续赶路，一口气走了50里，到了白水镇找了个客店住下来。当晚，谢子长和我们一起研究行动计划，究竟到西安杨虎城部队去，还是回红军部队去，或者到陇东国民党部队去？经过仔细分析权衡利弊，最后他决定让我们到庆阳国民党第十一旅去活动。第二天，谢子长告诉我们，他要到西安给省委汇报去甘肃工作的情况，然后回红军部队去。临行前，他给在十一旅工作的地下党员李树林、高鹏飞同志各写一封信交给我，然后分手东去，我们四人直奔庆阳。

到庆阳后，找了一家客店住下，我当即到十一旅旅部去找该旅参谋主任王子庄，他是我党的同情者，思想比较进步，和我早有交情，关系较深。我找到他后，说明我们到该部来找事做，希望给予照顾。王子庄对我很热情，开怀畅叙，使我了解到十一旅的很多情况，对于后来开展工作很有用处。回到旅店，我们四人研究了一番，决定分两路走，苏杰儒和高照壁带上谢子长给高鹏飞的信，到十一旅特务营驻地西华池去联系；我和郝维新带上谢子长给李树林的信，到十一旅第一团驻地合水县去联系。当时还商定，我和郝维新到第一团后如果那里条件成熟，可以举行起义，就急速通知西华池，以便协同行动；如果不行，我们立即去西华池，另做打算。商定以后，就分头出发了。

我和郝维新到合水县后，见到了第一连连长李树林同志，他是我当年在教导队的老同学，在一个党支部生活过一年多，所以很熟悉。我把谢子长的信交给他，并说明来意后，他愤慨地说："不久前，十一旅旅长石英秀对部队进行了一次严格的整肃，许多共产党人和进步的官兵被清洗了，换了他的亲信，这些人政治上很反动。"经他介绍情况后，我们做了仔细的讨论分析，认为起义条件不成熟，这样我们就按原计划辞别李树林同志,急速赶到西华池。

我们到西华池见了高鹏飞同志,他也是我当年在教导队时的老同学,很熟悉,现在他是十一旅特务营一连连长,是特务营我党支部书记。我把靖远起义的情况、谢子长同志的意见及合水那边的情况给他谈了,他也详细地介绍了特务营和本连的情况,以及他所了解到的红军消息,表示同意举行起义。于是,我们就住下来,策划准备举行起义的各项工作。

西华池是个拥有二三百户人家的镇子,镇内商户三四十家,商业颇盛,是庆阳至陕西道路上的一个要地,北去红军活动区盘克塬一带仅数十里,四面都是高原沟壑,地形对举行起义极为有利。虽然三面驻有敌人,但却相去较远,如果起义成功,我们可以从容不迫地把部队拉到红军游击区去。再说,特务营共有 3 个连,营长和第三连驻在庆阳城内,营部和第一、二连由副营长率领驻在西华池。高鹏飞同志的第一连人枪齐全战斗力强,是该营的主力,班长以上和连部勤务员多数是共产党员,高鹏飞平时很注意给士兵进行革命教育,士兵们对国民党的反动、腐败和对共产党红军的革命主张有一定认识,这些都为起义的成功提供了组织上和思想上的有利条件。我们研究了形势,分析了敌我力量,认为依靠第一连就可控制局势,夺取起义的胜利。

接着,高鹏飞派了党员班长宋廷璧持信到红军活动区找刘志丹同志联络。三天后宋廷璧带来了刘志丹和阎红彦的回信及一批宣传材料,信上说:"欢迎举行兵暴,三天内红军不离开盘克塬，准备接应兵暴部队。如果条件不成熟，不可轻举妄动，以免暴露力量而遭不幸。"宋廷璧还口述了刘志丹的嘱咐：一定要谨慎行事，周密部署，保证万无一失。于是高鹏飞迅速召开了党支部委员会，阐述了举行起义的意义，讨论了行动计划，研究了支委分工，决定了起义日期。

1932年农历五月中旬的一天，我们正要开始部署行动时，忽然副营长派人邀请高鹏飞去打麻将，高鹏飞沉思片刻后对来人说："你先回去，我随后就到。"来人走后，高鹏飞急切问我："怎么办？"我说："一切照计划办，由我负责。在打麻将时，你的勤务兵朱万才带枪进入营部，你就动手。若不带枪千万不要举动。"

各项准备工作紧张地进行着，曹胜勇准备武器弹药和军事行动前的部署，我和苏杰儒写标语口号，司务长到街上订购了几百斤大饼，买了大批手电筒、电池、红绿纸、笔墨颜料、针线等。随后，我和曹胜勇、苏杰儒等再次研究，决定利用下午出操机会收缴第二连的武器。

下午饭后，照例到操场出操，第一连有意推迟半小时，利用这个机会，曹胜勇、苏杰儒把全连集合在一个大房里，向士兵做宣传动员，讲解举行起义后参加红军的意义，宣布了行动计划，得到全连士兵的一致拥护。接着，曹胜勇和司务长在前，苏杰儒、高照壁在后，率领全连冲出营房突入操场。这时，二连已操演完毕，把枪支架在操场一边、大刀放在地上，正在进行投弹打拳训练。一连迅速冲上去，全部收缴了二连的武器，命令二连全体官兵集合待命不许走动。我和郝维新率领勤务兵朱万才、号兵康健民以及连部其他士兵共10余人飞奔营部，朱万才首先持枪闯入，高鹏飞见了知道起义已经成功，忽地站起来推倒麻将桌，掏出手枪对准副营长高声喊道："不许动！"副营长等吓得不知所措，我们猛扑上去解除了他们的武装。这时，我建议高鹏飞立即集合队伍讲话，以安定人心，巩固起义成果。他在讲话中郑重宣布："特务营第一、二连全体官兵武装起义胜利了！"接着宣布了几条军纪，得到全体官兵一致拥护，大家热烈鼓掌欢呼。原来一些不明情况的士兵，也打消了疑虑。搞宣传的同志立刻上街贴标语、散传单，做宣传鼓动工作，"打倒国民党反动派""打倒军阀官僚""打倒贪官污吏""打倒土豪劣绅""实行耕者有其田""中国共产党万岁""中国工农红军万岁"等标语贴满全镇，人们争相传阅、奔走相告，起义胜利的消息传遍全镇，小镇霎时成了沸腾的闹市。

天黑以后，我们对部队进行了临时整编，然后就开始了长途行军。高鹏飞带领一支部队走在最前头，曹胜勇、苏杰儒带着本队人马走在中间，我和郝维新、高照壁等几个人断后，朝着既定方向向陕甘边革命根据地疾速前进。部队行进在沟壑纵横、道路坎坷的陇东高原上，每个士兵背负着枪、子弹和行李，行军很艰苦，但是这天夜晚晴空万里、明月如画、凉爽宜人，加之每个人都充满胜利的喜悦和对光明前景的希望，所以人人精神抖擞、步履矫健，没有叫苦叫累的，没有掉队落伍的。部队整整走了一夜，东方渐渐发白时到达盘克塬边，当爬上塬头时天已大亮，但见塬尽头一轮红日、麦田万顷，士兵们互相传告着："到了红军游击区了！""快要见到红军了！"我们派苏杰儒和宋廷壁骑快马去同红军联系。

饭后部队继续前进，走了 20 多里路，忽然看见远处尘土飞扬，一队骑兵飞奔而来，前头一杆镰刀斧头红旗迎风飘扬，大家不约而同地欢呼："红军来了，红军来了！"红军骑兵很快来到我们跟前，两队官兵蜂拥向前相互握手拥抱，盘克塬上欢声雷动："中国共产党万岁！""中国工农红军万岁！"口号声响彻云霄。

前来迎接我们的是陕甘工农红军游击队骑兵大队，当晚与中国工农红军陕甘游击队正式会合。第三天我们随同游击支队到达正宁县湫头原，召开全军大会欢迎起义军，当地的赤卫队、贫农会敲锣打鼓欢迎我们，会议非常隆重热烈。接着，部队进行改编，起义部队抽出一小部补充骑兵大队，其余全部编入第三大队，任命高鹏飞为第三大队队长，全军共有官兵千余人，一时军威大振。

巉口起义[*]

卢纪民

1932 年，国民党第十七路军第十七师五十旅补充第二团第一营驻扎在甘肃定西县口，营长何冠五与团长黄展云长期以来明争暗斗，我地下党员赵丕烈、卢松轩分析了何冠五与黄展云的矛盾，认为何冠五对社会现状不满，有正义感，黄展云则恨何极不驯服，蓄意将何撵走。于是，他们便巧妙地利用何黄之间的矛盾，争取何冠五，反对黄展云，促其矛盾激化。同时，团结争取补充二团和营里的进步官兵，在士兵中加强宣传工作，以唤起士兵觉醒。

1932 年上半年，黄展云与何冠五之间的斗争日趋白热化，黄展云为了达到撵走何冠五的目的，便与其上司第五十旅旅长段象武密谋，欲将何冠五的第一营调回兰州，借机撤销何的营长职务，把一营 4 个连的 500 多人拆散分编到五十

---

* 本文原标题为《巉口起义的回忆》，收录时做了适当修改。

旅九十九团。何冠五得知这一消息后，更加激起对黄展云的不满。7 月的一天，第一营接到向兰州"调防"的命令，临行前何冠五给驻在会宁城的补充第二团第三营他的好友王伯谟打电话说："伯谟，我干不成了，团长逼我走。"开往兰州的当天下午，部队到达定西县城西北的巉口宿营，何冠五满腔怒火地将第三连排长赵丕烈叫去，直截了当地对赵说："团长欺人太甚，这次调咱去兰州，是黄展云和旅长的阴谋，他们想先撤我的职，然后把队伍分散到其他部队。我决定不去兰州上钩，我要离队回家，队伍就交给你了。"赵丕烈听了何冠五的诉说，立即向中共地下党组织做了汇报，并与一连连长马济人、排长石庆德商量计策。赵丕烈等考虑到何冠五出于无奈，离队回家也是真心实意，便决定在征得何冠五同意后，于当晚采取行动。于是，他们说服何冠五，并以何的名义召开了有关人员参加的紧急会议，研究部署起义的行动问题。这天晚上，在中共地下党组织的领导下，首先逮捕了思想反动的第二连连长张俊杰、第三连连长左金秀和机枪连连长郭雨田，接着又收缴了第二连和机枪连的武器，封锁了定西至兰州的道路，切断了电话线，各要塞路口也布置了岗哨。一切就绪后，营长何冠五即换上便衣离开了队伍。

巉口宿营地距定西县城只有 20 公里，为了防备被敌人发觉，起义部队当晚便启程北上，准备与靖远起义的部队会合。至第二天拂晓，到达会宁县郭城驿，鉴于已脱离险境，遂令部队原地休息。这时，赵丕烈、马济人、石庆德一起研究了部队的整编问题，赵丕烈以巩固起义成果为重，倡议由马济人任起义军的主要领导职务，随后召开了全营官兵大会，宣布脱离反动军队去革命，并说明为了排除起义干扰不得不把二连连长、三连连长、机枪连连长捆绑起来，现将他们释放；还不得不收缴了二连和机枪连的武器，待部队改编就绪后再发还。起义部队暂编为1个团，由马济人任团长，编2个营。官兵们听了赵丕烈的上述宣布，士气为之大振，齐声欢呼"拥护！"

部队整编后，在会宁、靖远边界地区活动了一周继续北上。甘肃农村人烟稀少，500多人要同时找到饭吃很不容易。因此地反动势力不小，不便久停，即派人渡河打探靖远起义情况。当得知靖远起义已经失利，孙作宾下落不明，定西、靖远的敌人又来"围剿"起义部队时，赵丕烈等马上召开连排干部会，分析了敌我态势，决定部队立即离开会宁、靖远地区，翻越六盘山，到陕甘边界的旬邑地区，与刘志丹领导的红军陕甘游击队会合，同时决定将团的番号改为人民革命军。

革命军在向陕北的行进中，不断遭到国民党军队和地方反动武装的围追堵截，500多名官兵在给养十分困难的情况下，不惧艰辛、浴血奋战，一次次将敌击溃。部队行至会宁县青江驿时，遇到百余名地方反动武装拦截，官兵们奋起迎敌，一场激战将敌人打得狼狈逃去。进入静宁以南地区后，沿途各主要山口都有地方反动团队把守，革命军为了保存实力，翻山绕道迂回前进。在进入静宁县威戎镇时，探知秦安、静宁两县的刘卓如驻军要对革命军展开合围，而且秦安之敌已到，革命军遂趁敌尚未完成钳形包围之际，突然对秦安先到之敌发起攻击，激战约两小时，打死打伤敌10多名、生俘3人，敌即向西北来路山头退去。革命军连夜改道而行，使敌合击聚歼的阴谋未能得逞。

9月初，革命军一路冲杀，行至关山时，已经尾追一周的青海土匪骑兵千余人突然把革命军包围在山上，形势十分严峻。在强敌面前，革命军英勇作战，从中午敌人发起冲击到太阳落山，多次打退敌人的进攻，在激战中革命军也付出了沉重代价，部队由500多人减少到不足百人，而且弹尽粮绝。在此危急关头，革命军趁夜幕降临强行突围，几经浴血冲杀都未能奏效，激战中司令员马济人，支队长赵丕烈、石庆德等都先后负伤，部队也只剩下五六十人。第二天拂晓，敌人冲进革命军阵地，除马济人、石庆德、卢纪民等少数人趁混乱逃出外，赵丕烈等其他革命军官兵均壮烈牺牲在关山阵地。

巉口起义历时两个月，辗转定西、靖远、会宁、静宁、通渭、清水等六个县境，孤军作战于山岭沟壑，战胜了重重艰难险阻，在即将到达陕北革命根据地时突遭覆灭。起义虽然失败了，但满腔热血参与起义的500多名官兵的革命功绩将永载史册。

我参加靖远起义的经过

王儒林

1930 年初，宁夏驻军骑兵四师师长苏雨生将陕北地方武装王子元部改编为谷莲舫任旅长的第八旅第十五团，王子元任团长。陕甘工农红军游击队总指挥谢子长、副总指挥刘志丹与王子元是老同学、拜把兄弟，他们利用这种关系，把我党党员张东皎介绍到王子元团做党的兵运工作。

张东皎到王子元团后，王子元便让他当了副团长。1930年秋，王子元团与石英秀的第九旅一起由宁夏开进甘肃靖远驻防。为了在十五团扩大我们的军事力量，谢子长在王子元团筹划成立了学兵队，由张东皎任队长兼书记。1930 年底，马鸿宾任甘肃省主席，靖远由马鸿宾的一〇五旅接防，石英秀、王子元部调往定西。王子元部在定西驻防，一次堵住天水马进贤的部下，缴获了一批骡马，石英秀想要，王子元不给，两人发生矛盾，石英秀想借机干掉王未能得逞。1931年冬，杨虎城派孙蔚如的第十七师入甘，宣布成立"甘肃宣慰使署"，王子元部被改编为宣慰使署警备第三旅，王任旅长，张东皎任副旅长。1932 年 4 月初，谢子长到靖远，没有先去见王子元，王原来的一个姓杜的参谋长就在王子元面前挑拨说："子长来靖远，见东皎而不见你，你要谨防张东皎把你吃掉。"王子元一听非常恼火，马上扣押了张东皎，并收缴了我任营长的一营的枪支、马匹和执法队的枪，将我扣押在王子元的公馆。一天早上，参谋长孙作宾来找王子元谈张东皎的事，出门时见我站在对面的房门口，问王子元："儒林怎么了？"王说："儒林没怎么，我怕他跟东皎胡闹。"当时部队的一些头头和地方绅士都为张东皎说情，王子元只好答应以张东皎离开部队为条件放人，张东皎离开时王子元送给他 600 块银圆和两头骡子。后来，我被孙作宾送出城，后去了兰州。

张东皎和我离开后，部队情况发生了变化，党员官兵都有一些自危感，谢子长等研究立即进行起义，能拉出去多少就走多少，并商定 5 月 5 日晚上行动。一营营长吕振华、教导队长苏醒民等按约定时间带队伍出城，张秀山连由于连长不想走迟了半小时，吕振华等不见张秀山出城，怕出问题，就先把队伍带到杨稍沟，直奔打拉池。张秀山赶到东门见城门大开，知道吕振华、苏醒民已经走了，即带着队伍由杨稍沟向打拉池前进。吕振华、苏醒民、张秀山带出的部队到达打拉池会合后，张秀山代表靖远团党委宣布："我们现在是一支新型的红军队伍，编为陕甘工农红军第四支队。"吕振华代理总指挥，下辖两个大队。之后，部队即向海原进发，到达狼山台子时，王子元派周维邦、王治邦两个营前来追击，吕振华、张秀山的部队被打散了，带部分人员下山后分两路继续向海原方向撤退途中，张秀山等被俘。王子元要杀张秀山，孙作宾知道张秀山在定西救过王子元，便对王子元说："人家曾救你一命，你就不能饶人家一命吗？"经孙作宾等人说情，王子元同意放走张秀山。当晚，王子元叫王治邦给张秀山换衣服，送出城门。靖远首次起义就这样失败了。

1932年4月下旬，警备三旅旅长王子元派特务连连长杜洪范到兰州领军装，杜润滋告诉杜洪范要去靖远搞起义，杜即表示赞同，并说他再不去王子元部了。5月初，杜洪范领到军衣2700套、子弹2万发、步枪40多支。这时谢子长在兰州通过邓宝珊、杜斌丞等人的关系，筹集了1000多银圆，买了几支手枪，由杜洪范在庙滩子雇了一个羊皮筏子，装上领到的军装等物，谢子长、杜润滋、邬逸民和我以及我们所联系的十几名青年一起乘羊皮筏子顺河而下，到达来家窑后，杜润滋宣布了我们走武装革命道路的政治主张，我接着说：我们这次应搞自己的武装，要同心同德发展自己的武装，走革命的道路，并给大家发了军衣。晚上，我们把剩余的军装藏在一个窑洞里，渡过黄河到了黄沙湾。这时，张东皎写信派我去靖远城通知张国威等，要他们带队伍到水泉会合。

杜洪范在兰州领过军装后，王子元久不见杜的音讯，电话询问孙蔚如，孙告诉王子元："他们在靖远插红旗了（指起义），你还不知道？"王子元张口结舌，不知所措，只好搪塞说："略有所闻，略有所闻，我已派部队收拾去了。"王子元得知杜洪范参加起义很惊慌，害怕他的部队再跟张东皎跑，便派三团一营营长周维邦为指挥，骑兵营副营长梁战胜为副指挥，率部队到水泉攻打工农红军。战斗打得很激烈，敌人多次进攻堡子都被打退。张东皎看到敌军中有自己的旧部张丙辰，便站起来高喊："张丙辰我在这里，你们快过来吧！"话音刚落一弹射来，张东皎受伤滚下山坡被俘。敌副指挥梁战胜假惺惺地说："张副旅长，你写信把游击队叫过来，我保证不找你的麻烦。"张东皎大义凛然，怒视梁战胜："要杀要宰随你的便！"梁恼羞成怒，一刀将张东皎杀害。敌人杀害了张东皎，但不敢再战，急忙撤走了。

　　敌人撤走后，谢子长、杜润滋率部队到雪山寺，我们一起研究后决定向海原撤退。几天后，我们到了糜子滩，得知王子元要离开靖远，便派人去靖远城给孙作宾送信，孙听说我和杜润滋到了，即以访友为名来见我们。他们告诉我们，省上派王云山的特务营来接防，三两天就到。王云山想以谈判的方式收编红军游击队，便去找孙作宾、姚绍芳，对他们说："你们在这里时间长，能不能到水泉去走一趟，把游击队收编过来。"孙即答应说："可以。"孙、姚和一个姓杨的副营长来到水泉，背着姚、杨，孙作宾将王云山在靖远驻防的兵力部署、装备情况全部告诉了我和杜润滋，并一再叮咛说："王云山收编游击队是一个骗局，决不要上当，还是单独搞，千万别把摊子抖了。"摸清了王云山的底细，我们将计就计，便派张宝卿为我方代表，同姚绍芳等一起去靖远城谈判，条件是："同意收编，暂不进城。"

正当我们在水泉宣传群众、扩大红军队伍时，7月上旬的一天，王云山部在陡城突然抓走我们侦察兵张吉泰，扣押我方谈判代表张宝卿，抄了我的家，抓走我兄长王士模。接着，王云山带领全营兵力扑向水泉。由于提前得到情报，我们及时部署兵力阻击，王云山未能得逞，他便采用困而不打的战术，妄图将我游击队围困在堡子。我们立即决定组织敢死队向外突围，正当准备出动时，雷电交加、倾盆大雨，我游击队乘机全部撤离堡子。第二天早晨，堡子上红旗飘扬毫无动静，堡子的群众告诉王云山，游击队已经去了靖远城，王云山一下着了慌，急忙带着人马跑回靖远城。

我们撤离水泉转到石门川，部队在这里休整了几天后，杜润滋、孙作宾带领游击队先走，我留在石门川等候大庙、王佛寺联络的人马。杜、孙带领的队伍与杨培成的100多人会合后，行至扎巴子冈遭敌一〇五旅阻击，战斗异常激烈，游击队伤亡很大。这次与敌遭遇战失败后，面对敌强我弱的形势，杜润滋、孙作宾决定将红军游击队化整为零待机再起，并派人到石门川，将部队失利以后的打算告诉我，送我去宁夏隐蔽起来。靖远第二次起义又失败了。

在宁夏银川，我通过关系认识了康秀峰。1932 年 11 月中旬，康秀峰送来孙作宾的电报，要我返回兰州。见了孙作宾，他说："甘宁青特委成立了，吴鸿宾为特委书记，常黎夫为秘书长，李慕愚负责宣传，马豫章负责组织，我为军委书记。"又说："你来了很好，党决定要搞一个武装，我们研究，你在靖远人熟，有威望，比较合适，所以叫你来。我们想办法先给你活动一个合法身份，便于召集过去失散的旧部。"通过甘肃行署主任邓宝珊的秘书及参谋长续范亭的关系，邓宝珊给了我个"绥靖"招募专员的职务，同意我在北湾成立招募处，不几天就招募人马过百。1933 年 3 月中旬，西北抗日义勇军成立。

在兰州警察分局工作的党员贺晋年与水间北门卫排长柳明山的关系很好，两人曾在平凉敌十三师教导团一个班里共过事。一天夜里，贺带着 4 个人上了柳守卫的城楼，以找柳明山玩耍为名，没打一枪就缴了柳全排的武器。甘肃东路交通司令马锡武的骑兵团、青海马二虎的部队、宁夏驻守一条山的冶成章的骑兵一齐扑向义勇军驻地，要消灭义勇军。一天早上，哨兵报告，有一队骑兵从北面沟里出来，我即带领 10 余个人上了山。这时，满山遍野都是敌人，我们只有两支枪，无法阻击，只得退到山下。下山时，又有一群敌人蜂拥而来，我被敌俘。第二天，趁敌开饭之际，我钻进一家老乡猪圈脱了险。贺晋年带领的 60 多人，被冶成章的骑兵打伤 20 多人，贺也被俘。一天，马鸿逵的老太太路过，听说部队要杀"土匪",都是一些年轻娃娃,便向冶成章说了一下,冶遵老太太之意将贺晋年等4人都释放了。

孙作宾、李慕愚被俘后,经邓宝珊部地下党出面营救获释。吕振华等被敌人杀害,临刑前,他们高呼:"打倒蒋介石!""共产党万岁!"义勇军许多战士在同敌人血战中壮烈牺牲。靖远的第三次起义也就这样失败了。

回忆两当起义

吕剑人

　　1930 年，杨虎城被蒋介石任命为"国民革命军讨逆军第十七路军总指挥"，兼任陕西省政府主席。杨虎城在政治上比较开明，给我党在杨虎城部开展兵运工作提供了便利。当时陕西省委指示各地党组织：派出党员秘密去十七路军中工作，长期隐蔽，积蓄力量，等待时机。因此，地下党员在杨部做秘密工作的很多。

　　1931 年 3 月，我按照党组织的指示，到凤翔第十七师（师长孙蔚如）随营步兵训练班当学兵。杨虎城开办这个训练班的目的，是为部队培训基层干部，学习期限 1 年，结业后由总部统一调配所属各部队。步训班先随十七师师部驻凤翔，后移驻西安的西营房，在这个班里我党建立了地下组织，我任地下党支部书记。我只学习了 10 个月，未结业就被提前派往驻彬县的警三旅，被分配到二团一营。营长王德修原是"西北民军"第一师第二支队司令，后编入苏雨生骑兵旅第三团任营长。这个营当时就有党的地下组织，当苏雨生背叛杨虎城时，地下党组织鼓动王德修不要跟苏行动，苏部垮台后，王德修部即改编为警三旅二团一营。二团团长曹润华是杨虎城的亲信，他对王德修及其原有军官并不信任，采取"掺沙子"办法，予以逐渐更换，我们这些学兵被当作"沙子"掺到各连去，都当上了带兵的排长，我在一营一连当排长。王德修这个营中党的地下组织成立得比较早也较强，在营部、排长、司务长、班长和士兵中都有党员，3个连都在我地下党组织控制之下，后来成立了营党委，领导全营地下党的活动。在敌军中工作的总目的，是在条件具备、时机成熟时进行武装起义，把部队逐步改造为公开的红军武装，壮大红军力量。

1931年冬，川军邓锡侯、黄隐师由甘南进占陇南几个县，杨虎城派陕西警卫第一师师长马青苑率全师到天水攻打川军，警三旅二团也奉命进驻凤县，在两当、成县一带打川军。战后，一营就驻防凤县和两当县整训。1932年春，中共陕西省委决定警三旅二团一营举行起义，起义后要把部队拉到陕甘边去与刘志丹同志的陕甘游击队会合，营党委决定伺机而动。时隔几天，二团团部突然下令要一营和二营换防，把一营调到徽县去，一营的士兵大都是山外头的人，抵触情绪很大。这时，陕西省委派刘林圃同志到一营来领导发动起义，这是一营正要调防的那一天。刘林圃同志和营党委决定，部队开到两当县宿营，召开营党委扩大会议，传达了省委关于兵暴的决定，以及兵暴后将部队拉到陕北参加红军的决定。起义开始后，各连收拾了本连的反动军官，听到枪声的敌人有了戒备，结果未能把机枪连和营部的武装解除。我们就把3个连集合起来，拉出两当县城向北进发。第二天上午，部队吃饭休息时，营党委开会决定了部队编制等事宜，宣布成立陕甘游击队第五支队，许天洁同志任支队长，习仲勋同志任政委，我是一连连长，高祥生是二连连长，三连许天洁兼任连长。

我们在秦岭山里多次遇到民团阻挡拦截，沿途经历了五六次战斗，在陕甘边界麟游山区还遇到过杨虎城的军队，我们没能打过去，绕道前进到了麟游北边山区。从两当起义到把部队拉出来到达麟游山区，我们已经走了千把里路程了，沿途多次战斗，部队十分疲劳。到了麟游山里，冲过西兰公路过了泾河，就到了我们要到的地方。营党委原决定沿陕甘边界向西北进至亭口一带抢渡泾河，已派习仲勋、左文辉同志侦察。后因在甘肃灵台县地区和杨子恒部队遭遇，未打过去，当晚又决定部队向南绕道前进。当时打听到刘文伯驻在乾县剿大土匪王结子，决定派人去乾县以同刘文伯谈判改编为名，争取几天时间，好让部队在麟游山中休息一下再过泾河。我和刘林圃去了乾县，不料在那天晚上部队行军至拂晓到达岳御寺时，偶然和盘踞那一带的大土匪头子王结子遭遇。经过激烈战斗，我们终因兵力薄弱被打败了，起义也随之失败。

起义虽然失败了，但作为陕西地下党领导下的一次国民党部队的起义，始终振奋着人心，鼓舞着广大人民的革命斗志。

两当起义始末[*]

李特生

1928 年冬，中共陕西省委派我到驻防陕西省长武县的杨虎城部做兵运工作。我去的部队是骑兵旅一团一营二连，公开职务是二连文书。1930 年春，习仲勋同志来到该部任二连见习官，随即由原来的党员李秉荣和习仲勋及我建立了党的领导小组。我们开会决定李秉荣同志辞去少校副团长职务，改任三连副连长，以便掌握实权；决定以二连为中心，开展全营的兵运工作；同时稳步地发展党员和建立党的组织。

1930 年 4 月，党小组派营部文书刘书林同志到陕西省委汇报工作，刘书林回来后传达了省委关于批准建立党组织的决定。5 月，省委又派特派员张克勤同志来陕西彬县一营防地传达省委关于开展兵运工作的指示，接着在一、二、三连

---

* 本文原题为《记两当起义》，收录时做了适当修改。

都建立了党支部，并建立了营党委。其间，省委派吕剑人同志来到该部担任一连排长。1932年春，省委决定要我们举行起义，并指示在起义后，将队伍拉到旬邑与刘志丹同志领导的中国工农红军陕甘游击队会合。同时，派刘林圃同志前来领导起义工作。

刘林圃同志到了凤县后，在双石铺召开营党委会议，决定在部队开往徽县、经过两当宿营时举行起义。为了隐蔽起见，将刘林圃同志预先安置到双石铺北面小山上一个庙内住持处住宿，由他负责摸清起义以后的行军路线。在部队移防行军开始时，提前派人通知刘林圃同志，由他在双石铺街道等候，在部队经过时混入行列，以进行具体领导。

部队到达两当以后，于2月的一天晚上八九点钟，在车马店内举行营党委扩大会议，除营委外各连骨干均来参加。会上，由刘林圃同志说明了举行起义的重要意义，然后讨论举行起义时间，一致同意午夜12点举行。决定起义时，各连先将本连连长枪决，然后将部队带到北门外集合；二连排长高瑞岳负责带1个排的士兵到营部解决营长和警卫；并推定在三连任排长的许天洁同志为起义总指挥。

夜间12点，一营一连起义战士枪决了连长，接着二、三连也同时发动，处决了连长。当一连枪响以后，机枪连连长在营房门口高声问："什么事？"吕剑人说："你来！你来！"该连长到了一连门口时也被枪决。营长王德修听见枪声，知道出了问题，随即带着老婆翻墙逃走了。

起义队伍由各连负责人带到北门外集合后，刘林圃同志简略地把举行起义的意义向部队说明，战士们明白了这次举行起义是前往与红军会合，并宣布把队伍改名为陕甘工农游击队第五支队，大家一致拥护。随即由事先找好的向导在前边带路，向太阳寺出发，部队在终南山森林里大约走了一个星期，到达渭河。当时，渭河水相当深，战士们手拉着手渡过渭河，黄昏时上了北山，到农民家中吃饭宿营。据群众说："已到了陕西陇县边界。前面是赤沙香泉，驻有土匪保卫团，是必经之地。"第二天清晨，部队走了十几里，到了匪团土寨附近，匪团从寨内向我部队射击，敌人火力相当猛烈，为了避免损失，我们改从小溪边上绕道前进。又前进了30多里后，到了个通洞峪村，部队当晚在此宿营。这个山村四面都是密林，等天明集合出发时，发觉林内有敌人埋伏，敌人从林里向我们射击，战斗异常激烈。我带着一排士兵到地埂边散开，顽强地进行抵抗，但因敌众我寡，我们决定向山林撤退。幸好许天洁带着3个连反攻上来，把敌人打退了，整顿好队伍后继续北进。

几天后，部队到了千阳、陇县之间的公路上，住在一个小镇里。群众说：前面是高崖镇，驻有保卫团的1个班。指挥部从各连抽出精锐40人组成突击队，由许天洁带领前去准备消灭敌人，不料突击队到高崖时敌人早已逃跑。大部队到达高崖休息，于黄昏时候向东北方出发。灵台县国民党驻军1个连兵力突然卡住山道，截住我军去路，攻击几次未打过去，天晚后决定改道前进，但因不了解沿途敌情和道路，到达陕西乾县岳御寺山村，被盘踞在这一带的大土匪王结子的大部队突然包围，许天洁立即集合队伍占领北面一个土岭阵地，随即各连散开抗击敌人。敌人以绝对优势兵力向我进逼，激战数小时后，我军因伤亡过重不得不后撤。由于部队连续昼夜行军疲劳过度，失去战斗力，在战斗中，一、二连连长均牺牲了。

习仲勋同志随即回到陕北红军。吕剑人、许天洁同志在西安寻找陕西省委时被捕，吕被判徒刑 10 年，于西安事变前被营救出狱；许天洁同志被押时间较长，于西安事变以后被释放。我和陈云樵同志由省委派往兰州工作，刘林圃同志在西安被捕就义。

耀县起义[*]

王 英

　　1933 年 7 月，驻守在耀县的西安"绥靖"公署所属骑兵团，毅然高举爱国起义大旗，坚定地站在了革命人民的一边。骑兵团团长是王泰吉，这个团成立于 1931 年，开始叫"新兵训练处"，西安"绥靖"公署把苏雨生骑兵团的几百匹马拨来以后，才改名为骑兵团。1932 年春，杨虎城派宪兵把骑兵团的大部分马匹送给了南京中央政府。骑兵团中的相当一部分革命力量深感民族危难，力图摆脱现状，为抗日救亡做出贡献，曾先后两次起义，均不幸因泄密失败。

　　当时在骑兵团进行地下工作的党员袁鸿化、赵启民因被国民党发觉而离开部队，我和其他几个人留在部队秘密进行兵运工作。当骑兵团移防三原后，我接受赵伯平（中共三原中心县委书记）、习仲勋（三原中心团县委书记）等同志的

---

　　* 本文原标题为《耀县起义——西北民众抗日义勇军建立经过》，收录时做了适当修改。

指示，积极组织第四排的起义。当准备工作已取得一定效果，起义即将爆发的时候，三原中心县委鉴于甘肃两当起义 1 个营全部失败的教训，认为组织 1 个排的起义作用不大而作罢。

1932 年 5 月，冯玉祥与中国共产党合作，骑兵团移驻耀县。王泰吉为了取得党的领导，请他的老同学何寓础为代表去找陕西省委，何找到了党员李树言，由李转告省委，省委派余海丰同何寓础联系。何寓础和余海丰于 6 月中旬到耀县，王泰吉邀请何、余在团部参加了一次骑兵团的军官会议，并都在会议上讲了话。会后，何、余两人返回西安。

骑兵团的起义确定以后，王泰吉就秘密召集比较进步的三四个青年人，和他们谈论抗日救国的道理，并征求他们的意见。我了解到这个情况后，便两次去见王泰吉，谈了本团青年都愿抗日救国等事项，还借故闯进王的密室，看到了预制的义勇军红旗等，相信王泰吉确实在准备起义。于是我第三次去见王泰吉时，即开门见山地说自己就是共产党员。

王泰吉听了以后非常高兴，笑着说："我真没想到你会是共产党员！你隐蔽得真好，我都没有看出来，咱家又有人干革命了！既然你是共产党员，我就先把计划给你简单地说一下。"

接着他又说："我不问你咱团有多少党员，只要他们愿意抗日，不论老少都行，青年人当然要更多联络些，抗日就是要靠这些青年人嘛！"

我便广泛联系进步青年，继续宣传抗日救国道理，并了解监视反动军官动态。王泰吉命令加紧在密室制作起义用的旗帜和印信、宣传品等，还派出侦察人员分两路去蒲城、白水、韩城、宜川、洛川等地侦察地形和敌情，又派人到耀县附近调查土豪劣绅的住址和恶迹。

起义前夕，省委派刘映胜（化名杨声）到耀县会见了王泰吉，确定了起义的一切事宜。王泰吉召开了有连、排长和进步青年参加的两次机密会议，布置了收缴胡景铨民团等反动武装的问题，规定起义时间为中午 12 点，只等吃饭号吹响便统一行动。

1933 年 7 月 21 日中午 12 点，王泰吉率领全团官兵在耀县县城宣告起义。起义部队立即收缴了全城所有反动武装的枪支，收编了他们的部队，骑兵团正式改称为"西北民众抗日义勇军"，王泰吉自任总司令兼第三路总指挥，并将起义情况通电全国，争取各地响应。同时召开群众大会，镇压了罪大恶极的土豪劣绅，释放了监狱的全部犯人。

7 天以后，王泰吉率义勇军从耀县向三原进发，途经坡子堡时，王茂臣团匪在城上向起义部队射击，王泰吉即令第一大队包围该堡，其余部队继续前进。下午遇暴雨，部队行军困难，当晚便驻在三原武字区陵前一带，受到苏区广大群众的热烈欢迎。第三天在陵前镇召开了联欢会，到会群众2000 多人，三原中心县委书记赵伯平、心字区委书记韩学礼参加，他们给部队送来鸡蛋、瓜果等慰劳品，王泰吉、刘映声和群众代表都讲了话，大大鼓舞了起义部队的革命士气。第三天，部队向三原县城进发，行进到三原县桥头镇辘轳把村，与杨虎城部孙友仁特务团遭遇发生激战，王泰吉和刘映胜被敌军两个连包围，幸得特务大队奋勇阻击，指挥机关才得以突围而出。王泰吉下令部队向耀县小岳镇撤退，当时士兵疲劳，第三大队队长张龙韬率部投降胡景铨民团，王泰吉率团部百余人行至淳化西原被敌1个团阻击损失大部，第四大队大部覆没。黄昏时到达了小岳镇，半小时后敌人追至，力不能敌，遂向照金方向转移，和习仲勋等领导的游击队会合，最后只剩下100多人了。

王泰吉领导的耀县起义是在陕甘革命处于低潮、红二十六军主力在蓝田县张家坪失败之际发动的，其沉重地打击了国民党反动势力，壮大了革命武装力量。这支起义部队也成为以后重建红二十六军主力的重要力量。

安康起义[*]

汪　锋

　　1933 年 2 月 5 日，中共陕西省委在给中共陕南特委的指示信中指出，要"把创造汉南新苏区的任务，提到我们党的议事日程上来"，"必须清醒地估计到目前形势的严重性，在广大群众日常斗争的基础上，最迅速、最坚决地去动员汉南千千万万劳苦群众，为土地革命与苏维埃政权而斗争"。为了开展土地革命和创建陕南新苏区，指示信强调了对国民党军队的士兵工作，在士兵生活更加恶化的条件下，动员大批同志、群众打入进去，开展士兵工作，有计划、有准备地组织他们的革命兵变。

　　为了在安康地区组织武装暴动，开展游击战争，建立苏维埃，中共陕南特委派王辛德为特派员到安康进行工作。5 月初，中共安康军特支正式成立，梁布鲁任书记兼宣传委

---

　　[*]　本文原标题为《安康起义始末》，收录时做了适当修改。

员，王辛德任组织委员，袁作舟任军事委员。9 月间，军特支书记梁布鲁奉调去汉中，安康军特支书记由王辛德接任。

1933 年秋，我以中共陕西省委特派员的身份到了汉中，兼任了中共陕南特委书记。年底，刘顺元同志接任特委书记，我改任特委军委，专门在十七路军中做兵运工作。根据中共陕西省委和陕南特委指示精神，中共安康军特支将工作重点放在了组织士兵的武装起义上，加强了党的组织建设和群众组织工作，领导党员和党的同情者利用"合法"身份进行斗争。同时，军特支成员在中级军官中开展交朋友工作，争取他们为党做力所能及的事情。经过几个月的努力，党的组织和群众工作都有了一定的基础和发展。

1934 年 1 月，中共安康军特支报告陕南特委，认为条件已经具备，要求特委批准军特支组织武装起义。陕南特委分析了陕南特别是安康的形势，认为在安康组织士兵的武装起义的准备工作还做得不够充分，主客观条件尚不具备，时机还不成熟，指示安康军特支暂时不要组织起义，继续创造条件，并派张明远去安康巡视工作，后又派我去安康面传特委的决定。安康军特支接到陕南特委的书面指示后，再次向特委写出报告，坚持认为安康组织武装起义的条件已经具备，要求特委予以批准。特委于 2 月底收到安康军特支的第二次报告及巡视安康工作回来的口头报告，再次讨论安康军特支的报告，认真分析了安康形势，不同意组织安康起义，即行起草给安康军特支的指示。但是指示信还没写完，我还没抵达安康，安康起义已于 2 月 22 日发动并已在紫阳遭到失败。

1934 年 2 月 9 日，安康区"绥靖"司令张飞生率部去汉阴、石泉，围剿其叛属沈寿柏部，收编吴子贞股匪。留在安康城关的安绥军，除在党的影响下的迫击炮营和特务三连外，仅有 1 个补充团（实为 1 个营）。安康城土西门外刘化真人庙在每年的正月初八过正会，唱戏放花，军人逛会者众多。安康军特支认为，此时张飞生外出，敌兵力单薄，是组织士兵举行武装起义的好时机，便在未得到中共陕南特委批准的情况下，决定于农历正月初九晚发动起义。1934 年 2 月 22 日上午，中共安康军特支在西药王殿召开了党员和骨干分子会议，具体部署起义工作，宣布当晚 9 点起义，起义后在西药王殿山下会合，经紫阳去川陕革命根据地；起义时以脖颈系红布为标记，如天黑看不见就以拍枪托为联络信号，军特支书记王辛德在会上分发了红布条。

决定起义后，迫击炮营三连的党员詹屏藩去动员本连的班长段远和连部司书张书德参加起义，段、张当面表示愿意起义，但当詹离去后他们即向该连连长张文彬告了密。张文彬即去王泰诚所在的特务三连连部，要该连连长杨嵘亭立即采取防范措施。张文彬又急去安绥军司令部向参谋长王肃斋报告。张刚出特务三连连部大门时碰上外出回连的王泰诚，王泰诚发觉张文彬行色异样，问张来特务三连有何贵干，并伸手抓住张的武装带，张挣断武装带夺路逃跑。王泰诚知事有变，即去特务三连连部对门的民知时报社向军特支书记王辛德报告，王辛德和王泰诚又迅即回到特务三连，正见连长杨嵘亭集合士兵点名讲话。王泰诚知起义计划已经泄密，便疾步上前从杨嵘亭的背后挥刀将其劈死，号召全连士兵立即举行起义。由于党在特务三连的工作基础好，全连士兵即在王泰诚和王辛德的率领下前去攻打安绥军司令部。此时为下午6点左右，比原定晚上9点起义的时间提前了3小时。安绥军司令部和特务三连同在一条街相距不远，特务三连的起义士兵到司令部大门前时，参谋长王肃斋已得到张文彬的报告，急命马弁开枪射击并关死了大门。特务三连的另一部分冲进了司令部对门的手枪连连部，并查抄了该连连长寓所。正当特务三连继续攻打司令部时，补充团团长孙鹤年带部前来镇压，特务三连同补充团展开了激烈的巷战，但终因敌我众寡悬殊难以支持，王辛德、王泰诚便率特务三连和手枪连的起义人员从小门撤出安康城，溯汉江西去。

由于叛徒告密，特务三连提前3小时发动起义，迫使迫击炮营仓促应变起义。袁作舟一面命令詹屏藩带领12名起义士兵去接应攻打司令部的特务三连，一面率领迫击炮营其他起义士兵从水西门出安康城，溯汉江西去。詹屏藩等人到纱帽石时，正遇司令部副官李白珍率队在此堵截，不幸全部被俘，詹屏藩当晚殉难，另有10人于2月底英勇就义。

迫击炮营和三连的起义人员会合于西药王殿山上，共69人，成立了中国工农红军第三十军第一纵队，袁作舟任纵队长、王辛德任政治委员、王泰诚任指挥。2月22日晚，红三十军第一纵队从西药王殿山下出发，继续沿汉江西进，急行军 120 里，于 23 日上午到晓道河岸，又遇邓益三保安队在江北阻击，红一纵队仍从汉江南岸西进，避开民团堵截，25 日天黑时到达高桥街附近的龙凤寨。此时，部队已连续行军三天三夜，很是疲劳，遂决定在龙凤寨搞饭吃，稍事休息。因没有买到面粉，就自己磨苞谷，面还没有磨下，又遇一伙土匪、兵痞来打劫，不得不饿着肚子继续行军。整个部队吃不上饭，边行军边打仗，许多士兵鞋子破了只好打着赤脚走路，极为疲劳，有的士兵饿得倒下去再也起不来了。经长岗岭、三台山、月亮湾，几十里路上没有人烟，不足 100 里的路走了一夜和大半天，27 日中午到达盘厢河。28 日清晨部队抵达距营盘大梁 10 里的任河边乱石子沟，打算过任河，绕开紫阳县南部的大镇毛坝关，经黄草梁进入川陕革命根据地。但当部队到达营盘大梁时，敌毛坝区区长、民团团长李靖山率区队、民团在此设卡围截。此时红一纵队已连续行军五天六夜，翻越大山十五六座，行程 600 里，为跳出敌人之围截圈，不顾饥疲越过营盘大梁主峰大堡，下到乱石子沟准备强渡任河，但快到渡口时发现渡口已被敌封锁，不得不再转回营盘大梁。此时主峰的东西两边的高地已被民团占领，红一纵队被夹在东西高地中间的冉家垭，冉家垭北沟口渡口已被敌控制，西南边 10 余里深的枇杷沟悬崖峭壁，仅有条羊肠小道，出沟则是李靖山的老巢鲁家坊。红一纵队便占领冉家垭东南靠主峰大堡的一个小山头阻击敌人，欲拖到天黑以后突围。战斗从上午持续到黄昏，弹药已尽，情势十分危急，红一纵队即分散突围，突围中王辛德、赵恩普等50余人被俘，王泰诚突围后被团丁打死，袁作舟下落不明。

王辛德等被俘后，由王耀震派兵从毛坝押解到紫阳，被钉上脚镣押解到安康。王辛德等被押解到安康后，张飞生亲自酷刑审讯，分批进行屠杀。连同前已殉难的王泰诚、詹屏藩和起义时被俘后枪杀的10余人，红一纵队就义殉难的烈士共约40多人。

王辛德烈士就义时，在去刑场的途中昂首挺胸，高喊"共产党人绝不怕死，怕死不算共产党！"不断高呼"汉江苏维埃万岁！""中国共产党万岁！"等口号，并在刑场向群众讲话，表现了中国共产党人为了人民大众的利益，为了实现共产主义的崇高理想，大义凛然、视死如归的革命英雄气概，在群众中留下了深刻的印象。

建立陕甘革命武装的最初尝试*

马云泽

1927 年大革命失败后，中共中央八七会议纠正了陈独秀的右倾投降主义，确定了土地革命和武装反抗国民党反动派的总方针。中共陕西省委和陕北特委在这一总方针的指引下，积极开展革命武装的创建工作。

1927 年 10 月，共产党人唐澍、谢子长领导了清涧起义，在大西北揭开了武装斗争的序幕。1928 年 4 月，刘志丹、唐澍、谢子长又领导了著名的渭华起义，为西北地区的武装斗争点燃了扑不灭的星星之火。1929 年 6 月，中共陕北特委为了加强对武装斗争的领导，由刘志丹担任特委军委书记，又设立了一个军事行动委员会，具体负责革命武装的创建工作，由谢子长任书记，我和赵文蔚（即李锦峰）任委员。我当时在井岳秀部做兵运工作，接到这一通知后，即离开井

　　* 本文节选自《创建陕甘革命武装的回忆》，收录时做了适当修改。

岳秀部，赶赴宜川县凤凰山梁占魁部，寻找正在那里从事兵运工作的谢子长。此时，赵文蔚在延长、宜川一带搞兵运活动。

我日夜兼程赶到凤凰山。第二天，子长和我具体研究了军事行动委员会的工作。经子长提议，我们确定：第一，加强兵运工作，策动敌军官兵起义，而后消灭小股或零星之敌，夺取敌人的枪支弹药；第二，千方百计发动群众；第三，收编改造一些自发的群众武装。同时，我们还商定谢子长仍留梁部工作，而我则上三边（定边、安边、靖边）一带去摸各县民团的情况，相机开展工作。

我和子长分手后，于9月中旬去安边。途中，碰巧遇上刘志丹也从绥德到安边去。旅途相遇，一路边走边谈，我顺便汇报了军事行动委员会的计划，他表示完全赞同。到安边，我们见到了刘培基老人（刘志丹的父亲）。刘老虽是国民党军张鸿儒团的名誉副官，但我们同他谈话无拘无束，当谈到国内形势及中共的主张时，刘老感慨地说："我老了，和你们一起干不成了，但我还是可以支持你们的。我这一辈子有三件心爱之物：一匹土黄色战马，一支德国造的僧帽牌七九套筒步枪，一支波兰造手枪。这些，都交给你们吧！"我们十分感激并接受了他的捐赠。在当时我们最困难、最需要帮助的时候，刘老此举，实在是出自他的一颗真诚的爱国之心和对中国共产党的真心拥护。

1929年的九十月间，我在安边了解了一些情况后，通过刘志丹介绍，打算到桥山的甘肃军阀陈珪璋部开展兵运工作。由于没有找到陈部，刘志丹又介绍我暂去延长县委工作。1930年1月，我去特委汇报工作。汇报后，特委派我去宜川后九殿杨庚武部工作。杨当时拥有3个营的兵力，四五百支枪，是我们工作的重点之一，但部队成分复杂。杨曾向当地党组织要求，希望派共产党员参加他部的工作，并已和中共清涧县委有联系，赵文蔚已在那里工作。我根据特委指示，找清涧县委负责人赵通儒写了去杨部的介绍信。去后，在我的提议下，杨同意由我负责在周维琪营新组建一个连队。约半月后，连队刚刚组建，特委即派李力果（即李烈飞）通知我去宁夏协助谢子长工作，另派阎红彦、谭生彬等到杨部工作。后来，这支部队由于国民党军高双成部的拉拢、收买，除周维琪营暂被我党争取外，其余全被高部收编。收编后，杨本人被高双成枪毙。

驻宁夏苏雨生的骑兵第十四师，是我党兵运工作的重点。到1930年初，谢子长、刘志丹等都已在那里工作，谢子长任苏部第十旅旅长，驻银川北的李岗堡；刘志丹任第九旅第六团（张廷芝团）副团长，驻宁夏韦州下马关。在我赴宁夏途中，走到宁条梁与安边之间时，碰上刘志丹率部路过，他告诉我谢子长旅已移防盐池县。2月间，我在盐池找到谢子长，他分析了苏部的情况，认为急需加强苏部王子元旅的兵运工作（该部驻银川南），并要我与担任该旅参谋长兼团长的张东皎先取得联系，然后回绥（德）米（脂）动员些党团骨干力量，把张团充实起来。

张东皎系黄埔军校的毕业生，共产党员。我们取得联系后不久，我便返回陕北，通过地方党组织陆续动员了一批党团骨干，经子长分配到该团。后来，当我亲自带了一批人去盐池途经定边时，定边县委的同志告诉我，刘志丹、谢子长都不知去向。这个消息使我很焦急，但情况不明又不敢贸然行动，只好暂时住下来。20 多天后，得知刘志丹、谢子长都在甘肃庆阳的三道川。于是，我们直奔三道川，找到谢子长、刘志丹后，才弄清了这次变动的原因。原来，由于苏部移防陕西彬县，张东皎团移防甘肃靖远，党指示谢子长、刘志丹离开苏部，到庆阳警备司令谭世林部。到谭部后，谢子长任第三团团长（我与姜兆莹任团副），团部驻水泛台；刘志丹任该团一营营长，驻张家沟门；周维琪任二营营长（阎红彦任该营连长）驻蔺家砭。不久，周营的一部分人受土匪张廷芝的引诱去了安边。

周维琪营是我们花了较多心血争取过来的一支武装。谢子长得知土匪张廷芝企图吞并该营的消息后，立即派我去安边告诉阎红彦注意做好周维琪的工作，不要让其上张廷芝的当。当时，我还直接找周谈了话。周表示他不会上当，并将张廷芝给他的一驮子破旧枪支交我带回团部。后来，安塞共产党员薛应昌、胡立亭带来 20 多人、枪，谢子长和我研究，决定将这些力量全部充实周营，以加强对其控制。当我负责把人、枪交给周维琪时，周高兴极了，当场就给薛、胡每人发了一支驳壳枪。此后，谢子长派我回安定（今子长县）、清涧一带动员力量，并设法筹集枪支。

1930 年 8 月的一天，我去绥德县第一完小，看见刘志丹、魏佑民、薛应昌、胡立亭 4 人先后进了校门，心中暗暗一惊：这几人都来绥德，会不会出了什么事情？一问志丹，才知是周维琪营出了事。土匪张廷芝出于仇视革命武装的反动性，先用金钱、美女、骏马收买了周维琪，并以他的人马愿到安边与周营合并为名，诱使周去下马关接回部队，周上当受骗，在下马关被张下了枪；接着，张又在安边和蔺家砭缴了周营的枪，而后去抓捕刘志丹、谢子长。刘、谢二人闻讯脱险，暂避永宁寨。随后，谢子长去华北，刘志丹回特委。这次事件的教训是沉痛的，它表明党在兵运工作中，必须直接掌握武装力量，必须把争取和发展过来的部队牢牢地掌握在党的手中。

1930 年中秋节过后不久，陕北特委派人送来指示，要我们从甘肃庆阳三道川回来的 5 个人，到保安（今志丹）去重建新军。于是，大家都集合在我家，并开会研究了行动计划，而后动身。在去保安的路上，遇到了姜兆莹。姜在三道川出事之前，被派往庆阳与谭世林交涉有关事宜，返回时闻知事变，就奔保安而来。他听说要去重建新军，便建议我们从太白镇的黄毓麟民团下手，因为那里有不少好枪，而且可以假称谭世林危难，与黄共商解围之事，乘机夺取枪支。刘志丹和我们对这个建议很感兴趣，遂决定先到永宁寨落脚，做一些必要的准备。

永宁寨是国民党保安县政府的所在地。曹力如担任该县民团的团总，王子宜也在该县府工作。他们与刘志丹都是县长崔焕九的学生，加上我与崔还沾点亲戚关系，所以我们的活动是公开的。经过几天公开活动，很快就发展到二三十人。

去甘肃合水县太白镇夺枪的当天，我在永宁寨留守，志丹亲自带队。由于这次行动事前计划周密，准备充分，因而非常顺利。太白镇的黄毓麟一听说"共同商讨为谭司令解围之事"，便毫无戒心，他请刘志丹与他一起躺在炕上抽大烟，刘志丹趁其不备，从怀里掏出手枪将黄击毙。在外面的那些民团，本来就是乌合之众，经我们的人一吆喝，就全部缴了械。这个胜利，大大鼓舞了士气。紧接着，我们又缴了附近另一个民团的枪。先后缴了百十支好枪，队伍也随之扩大。我即带着一些亟待解决的问题，回特委汇报。

我到了绥德，特委的同志说："不要汇报了，子长从华北回来了，你去安定向子长汇报去。"谢子长家住在安定县的枣树坪。我赶到后，正巧阎红彦也在那里。我向子长汇报了永宁寨建军的情况，并请他去参与部队的领导工作。子长听说我们建立了自己的部队，很高兴地说："关键还是要多搞些武器，进一步壮大部队。"并告诉我："刘兆庆正在米脂买武器，你和红彦找他去。"刘在三道川时，是刘志丹营的连长，家是保安有名的大地主，但本人同情革命。1931

年 2 月初我们找到他，当时刘还没有买到武器。所以，我和红彦即返回我家过年。2 月 17 日，红彦提出要到宋家川找白锡林和景阳春搞武器，如果不行，就过黄河到山西去看看。我同意他的意见，第二天，由我大哥送他去宋家川。后来，阎红彦东渡黄河，在中共山西省委的领导下，与拓克宽、黄子文、杨仲远、吴岱峰等共同组建了晋西游击队。

1931 年 2 月 19 日，我动身去安定找子长。路过安定县的任家砭时，还弄不清子长是否在家，我便在马文瑞处待了下来。文瑞当时是中共安定县委书记，公开身份是教员。过了一个多月后，打听到子长已回家，我就赶到枣树坪。此时，子长的处境非常艰险，白天在山里隐蔽，晚上回到家里和我们讨论工作。当我把没有买到武器的情况向他汇报后，子长并不灰心，他又亲自写信给杨虎城的高级参议杜斌丞和参谋处长呼延立人，打算在杨虎城部要一个合法的建军名义，并让我带信去西安交涉。

杜参议是子长的老师，呼延系子长的同学，两人都是同情我党的爱国人士。我将子长的信送到后，杜参议对我说，按照当时情况，在杨部给一个合法名义还有困难，他劝我们还是自己动手先干，干起来再说。3 月底，我返回安定，向子长做了汇报，经研究，决定重新开展兵运工作。由于敌人的通缉，子长白天不能行动，每次转移都由同志们护送夜行。四五月间，我俩离开枣树坪，路过我家住了几天，而后由我陪送到米脂。当时听到两个消息：一个是刘志丹在彬县被苏雨生逮捕，所带的部队在职田镇失败。这使我们很难过，觉得肩上的担子更加沉重。另一个是晋西游击队在山西吕梁山打起了红旗。这个消息又使我们很受鼓舞，进一步坚定了建军的信心。为了尽快建立革命武装，子长和我便分头加紧工作。

9月，我再次路过任家砭，马文瑞告诉我说，阎红彦带着晋西游击队过来了，现在正在安定县李家岔一带活动。这是一个极好的消息！我立即赶往枣树坪，向谢德惠（子长兄）进一步问明情况，并于当天就找到了晋西游击队。晋西游击队的到来，使陕甘地区的革命武装创建工作出现了新的局面，这支武装转战陕北，屡战皆捷，使敌人十分惊恐。在转战中，杨琪、杨鼎、肖永胜和师储杰两支"土客"队伍，先后接受了晋西游击队提出的3项条件：（一）服从队委会（党委）的领导；（二）不拿老百姓的东西；（三）不调戏妇女，与游击队联合行动。晋西游击队过黄河到陕北后，没有接到陕北特委和省委改变番号的报示，所以仍沿用晋西游击队的称号。收编杨琪、师储杰等"土客"武装，也来不及请示省委或特委，所以队委会决定派骨干担任各队的指导员，实行统一领导。

建反帝同盟军[*]

马云泽

1931年10月，晋西游击队转战到甘肃合水县的南梁堡。有个农民向我报告说：刘志丹及其游击队驻在南边不远的地方。我当即将此情况告诉了阎红彦、杨仲远。晋西游击队西渡黄河以来，一直寻找谢子长和刘志丹，想不到刘志丹就在附近。很快，我们找到了刘志丹及其游击队，晋西游击队队委会的同志们见了志丹十分高兴，大家七嘴八舌地争着介绍情况，红彦还把一支心爱的驳壳枪给了志丹。经志丹与队委会共同研究决定：在未与陕西省委接上关系之前，部队暂驻桥山一带，打土豪，济群众，消灭危害群众的土匪，扩大党领导武装斗争的影响。

11月初，天气渐冷，但指战员们还穿着单衣，又缺少鞋袜、被装，这样下去很难过冬。队委会专门开会讨论这个

---

* 本文节选自《创建陕甘革命武装的回忆》，收录时做了适当修改。

问题，志丹说："我在陈珪璋部还挂了个第十一旅旅长的名，可以利用这个名义派人去平凉，向陈要些服装，以解决燃眉之急。"他的这个意见得到了大家的赞同，于是决定派我作为志丹的代表，赴平凉与陈珪璋交涉。

盘踞在甘肃陇东的陈珪璋江湖气很浓，有一定的兵力，但不满足，还想继续扩大势力。我去交涉，就是抓住他的这个思想。当时，陈部刘宝堂团的团副史方成正在南梁一带收编武装，他找到我们来拉关系，我就顺便与他一起去平凉。行至西峰镇，他给刘宝堂拍了个电报。刘是个民团出身的老粗，时为陈部二旅副旅长兼团长，此人过去曾在井岳秀部当过连长，所以我认识他，我到平凉后就住在他的团部。从刘宝堂嘴里得知，杜斌丞参议正在平凉，住农民银行；谢子长和高硕卿（即高岗）也在平凉，住东关旅店。这两个消息都使我高兴，借此行，一方面好顺便拜会杜参议，更重要的是好将子长接回部队。

当晚，刘宝堂陪我去见杜参议，刘介绍说："这是马云泽。"杜参议摆摆手说："我认得，不要你介绍。"然后就风趣地问我："怎么？土匪当够了？"我说："我们按老师的意见干起来了。"说罢，彼此大笑起来。我又说现在就是缺乏弹药，想请老师帮忙。杜故意说："那你们去夺嘛！"我说："捉麻雀还得撒把米哩！"他沉默了片刻说："我这儿有是有，就是拿人家的钱替人家买下的。"我看有门儿，便抓住他的话茬说："人家是人家，我们是我们，我们应该和人家有区别嘛！"就这样又谈了一阵，杜参议把为杂牌军李桂青买好的弹药给了我们一部分，有好几箱步枪子弹，还有不少手枪子弹。

第二天上午，刘宝堂又陪我去见陈珪璋。经过交涉，陈答应给解决一批服装，并对我说："你是刘旅长（指刘志丹）的代表，我派刘副旅长（指刘宝堂）为我的代表，具体问题，你们去商量。"下午，我赶去见子长和高岗。子长说："在西安时，省委通知我负责晋西游击队的工作，并说你们正在陇东一带活动，所以，我就同高岗来平凉找你们。现在好嘛，你把事情办妥了咱们就回部队，回去再具体商量。"

次日，我领了服装，连同杜参议给的弹药，还有用刘宝堂给的 200 块现洋买的子弹、子弹带等，一并准备停当，装了 20 多驮。然后，与谢子长、高岗、刘宝堂一起返回南梁。时已 11 月中旬。

谢子长的到来，加强了党对部队的领导。但这支部队的成分是相当复杂的，既有阎红彦、杨仲远、吴岱峰等从山西带过来的晋西游击队的骨干力量，又有杨琪、杨鼎和师储杰等的"土客"武装，还有志丹收编的一些武装。在这种情况下，经子长、志丹、红彦、仲远等研究，决定先采用"拜把子"的旧形式来团结各方面的力量，当时按年龄排了"八大弟兄"，即师储杰、杨琪、杨仲远、谢子长、刘宝堂、刘志丹、马云泽、阎红彦。刘宝堂这个人也有些江湖义气，他一方面感到我们对他不错，另一方面也逐渐看出了这支队伍的趋向，觉得无法控制，所以心里很不是滋味。

此时，在部队打什么旗的问题上，内部发生了争论，一时定不下来，于是决定派高岗去西安向省委汇报、请示。为了等待省委指示，拖延时间，又决定派我和刘宝堂再次去平凉。我们动身之前，经刘宝堂与庆阳驻军联系，我们暂时移驻新堡。

第二次去平凉的借口，是商讨刘志丹旅的驻地与官防旗帜等问题。刘宝堂此时已弄清我们是共产党人，他在路上问我："云泽，你们究竟是什么目的？"我回答说："我们的目的很明确，这不是什么秘密，我们搞武装的目的就是为了反对日本帝国主义，救中国，不当亡国奴。"刘听了后即说："我明白了，和你们交往值得！"又说："这些人（指子长、志丹等）将来都是西北的要人。"我看他心里有些活动，便进一步给他讲了些革命道理。到平凉后，听说陈珪璋在兰州被孙蔚如部暗杀，于是我就问刘宝堂怎么办？刘说："我看你们想驻哪里就驻哪里，想打什么旗就打什么旗。我派个营长带人护送你回去。"在我归队之前，陕西省委派李杰夫传达指示，要部队开往甘肃正宁县的三甲塬柴桥子。

我回去不久，部队即根据省委指示，于1932年1月初，在三甲塬柴桥子竖起了"西北反帝同盟军"的旗帜，成为西北地区一支党所领导的抗日武装。这支武装部队的总指挥是谢子长，副总指挥刘志丹，参谋长杨仲远，经济处主任由我担任，杨琪任副官长，白锡林任警卫队长，强龙光任骑兵队队长，阎红彦任第一支队司令。下辖第一大队、二大队，一大队大队长杨鼎、副大队长吴岱峰、指导员高岗，二大队大队长雷恩钧、指导员田某某；第二支队司令由刘志丹兼任，下辖的大队分别由赵二娃、杨丕胜担任队长。

1932 年 1 月，西北反帝同盟军成立后不久，中共陕西省委又指示部队，要根据斗争的需要，尽快打出红旗，成立中国工农红军陕甘游击队。根据省委的这一指示，指挥部决定一方面加强对部队的整顿，一方面加紧进行成立陕甘游击队的筹备工作。

1932 年 2 月 12 日，经中共陕西省委批准，部队全体集合到驻地三甲塬附近的细嘴子，在那里的一片空地上召开了"中国工农红军陕甘游击队"成立大会。陕甘游击队的总指挥为谢子长，政委为李杰夫，参谋长为杨仲远，经济处主任为马云泽，第一大队队长为阎红彦，第二大队队长为吴岱峰，骑兵队队长为强龙光。游击队一成立，便遵照毛泽东在井冈山创立的建军原则，实行军事、政治、经济三大民主和三大纪律六项注意，成立了士兵委员会。全队上下团结一致，斗志昂扬，展开了热火朝天的练兵活动。

经过短期的军政训练后，游击队即投入了紧张的对敌斗争。首先，在陕西旬邑县抓了十几个大土豪；旋即进军职田镇，赶走了敌驻军，消灭了该镇民团。随后又在阳坡头战斗中获胜，夺取了敌人不少枪支，并将部分枪支交给了地方群众武装；紧接着南下清水塬、土桥塬，发动群众打土豪。这些活动，有力地推动了旬邑县的土地革命运动。后来，鉴于敌2个团由淳化至旬邑向我"进剿"，我军采取避实就虚的战法，转移到耀县照金。2月20日夜，我军趁敌不备，全歼该镇民团，缴枪30余支。然后在耀县的香山寺做短暂休整，由子长主持召开队委扩大会，总结战斗经验，讨论和部署了下一步的活动。休整后，游击队进入宜君地区，先后消灭了瑶曲镇民团和驻焦家坪敌第八十六师1个连，并击溃了敌1个营和富平、铜川、耀县三县民团的两次进攻。为了避开敌人的追剿，游击队趁陕军第十七师与甘军暂编第十三师在陇东混战之际，西跨桥山，进入黄陵县上畛子地区，而后出击陇东，开辟根据地。至此，游击队连战皆捷，声威大振。

1932年四五月间，陕西省委书记杜衡第一次来到游击队。杜以游击队攻打山河镇（甘肃省正宁县城）失利为借口，对子长妄加了"土匪路线""逃跑主义"等一大堆罪名，在党内宣布撤了谢子长的职，但考虑到他威信高，怕在指战员中引起波动，未在群众中宣布。打旬邑后，部队分为第三、第五支队，第三支队支队长由刘志丹率领到西兰公路沿线的乾县、永寿一带活动，第五支队支队长由阎红彦率领到耀县照金、三原武字区一带活动。子长被排挤出部队，到甘肃省靖远地区张东皎团搞兵运。

不久，第三支队、第五支队在旬邑县的清水塬会合，正式宣布由刘志丹任总指挥，游击队继续转战。在鄜县（今富县）西的吉字岘附近，遭到杨虎城特务团的突袭，致使我部代理经济处主任李宗白、大队长魏佑民等人牺牲，部队伤亡不小。游击队随即连夜过洛河，集中在交道塬休整。第二天东进鹰儿窝，敌高双成部的张胡子（团长）带 1 个营堵截，被我一举歼灭，张换了士兵服逃跑。再向东，游击队拟攻宜川县的临镇（今延安市临镇），到临镇时，因敌已有准备，游击队即南撤韩城。

6 月 8 日，在韩城的芝川西塬没收了大地主的财产，分给农民，并开展了群众工作。后指挥部北移到附近的一个山上，志丹、红彦率部向北沟游击。其余部队受到杨虎城部的围攻，由于敌我兵力悬殊，指挥部西撤到宜君县的哭泉以东，接着回到麻掌子一带进行整顿，阎红彦被选为总指挥。

这时，我们听说石子俊旅驻西峰镇。石子俊原在井岳秀部任过连长，倾向我党。遂由指挥部决定，以我的名义写信给石，要他与我们共同抗日。信到石部后，被曹又参营扣留。两天后，我党在该营的秘密组织派人来联系，要游击队派代表去"谈判"。总部决定派我为代表，政委李杰夫伪装马夫随我同往。经过与曹营我地下支部负责人的密谈，决定由该营连长高鹏飞（地下党员）趁出操之机，率部起义。几天后，高即率两个连的人起义，加入了陕甘游击队。

回忆红二十六军第二团

王世泰

　　1932年8月下旬，陕西省委召开会议，贯彻北方会议精神，通过了创建陕甘边新苏区及红二十六军的决议案，决定将陕甘游击队改编为一个团，番号为中国工农红军第二十六军第二团。12月24日，部队开到宜君县转角镇（今属旬邑县）召开军人大会，民主选举团长，举行改编仪式，我当选为团长。

　　红二团成立后，陕西省委交给两项任务：一是积极创建以照金为中心的陕甘边革命根据地，二是发展壮大红二团和地方游击队武装，扩大苏区，把照金与三原县的武字区连成一片，并相机向西路地区发展。

　　照金地区位于耀县境内，是桥山南端的一块突出地带，与淳化、旬邑、宜君、铜川四县交界，北迄子午岭，南接渭北平原，东临咸榆公路。这里丛林密布，沟壑纵横，地形复杂，从军事角度讲进可攻、退可守，是个适宜开展游击战争的地带。但是，这里离敌人的中心地区太近，受敌人威胁大，因而对红军的活动和发展也造成一定的困难。

为了坚决贯彻省委的指示，拔掉敌人在照金地区的据点（照金地区有焦家坪、瑶曲、庙湾、柳林、马栏、照金、香山、高山槐等敌据点），我们决定首战焦家坪之敌。

12 月 25 日下午，我命令部队向马栏方向进军，佯作打马栏的姿态，造成敌人的错觉。26 日夜，我军突然挥师焦家坪，于次日拂晓发起攻击，一举将敌全歼，俘敌 60 余名，缴枪 60 余支。首战告捷，士气骤然高涨，我们趁势迅速撤离焦家坪向香山寺开拔。

香山寺，始建于唐代，是陕甘两省边界闻名遐迩的大寺，有庙产土地 10 多万亩，贮有大批粮食和物资。时值灾年，四方灾民近万人，流落此地。为拯救灾民，经团党委研究，部队进占香山寺，开仓放粮。饥民们分到粮食后，无不感谢红军，不少饥民和当地农民要求参军，红二团在这里扩大部队 100 余人，编为步兵第二连，吴岱峰任连长，高锦纯任指导员。

随着斗争的胜利，红二团与地方党组织一起，领导群众打土豪，组织农民赤卫军，开辟了香山、九保两个地区。而后红二团消灭了照金和旬邑民团各一部，使红色区域迅速扩大。为了适应革命形势发展的需要，培养更多的军事干部，红二团又成立了随营学校，李杰夫担任校长，汪锋担任政委，有学员 30 余人。

部队继续由照金南下，在淳化县铁王镇消灭民团数十人，随即进入三原县武字区，与渭北游击队会合。至此，红二团经过20余天的辗转作战，肃清了照金地区的民团武装，先后协助地方组织起五六支游击队，使红军和游击队有了自己的根据地。

由于红二团连续出击和根据地的迅速扩大，地方游击队相继成立并配合主力红军作战，威胁着国民党反动派统治阶级在这里的势力，于是一场"进剿"和反"进剿"的斗争便激烈地展开了。1933年2月上旬，敌人先后调集骑兵团、警卫团、特务团和当地民团，以孙辅臣为总指挥，向红二团发起第一次"进剿"。面对十倍于我之敌，以刘志丹同志为首的大多数指战员，主张避敌锋芒，跳出照金，在外线寻机作战。但当时的领导人杜衡却坚决反对，提出坚守根据地，打防御战。结果使我军处于被动挨打的地位。2月4日，敌骑兵团、特务团各出动1个营，协同庙湾民团，分三路包围了红二团驻地上、下芋园。红二团被迫奋起抗击，在敌人的强大火力下，战士们一个个倒下了。我立即命令部队边打边撤，在渭北游击队的配合下，才跳出合围。

尽管如此，红二团毕竟是党领导下的经过战火考验的人民军队，全体指战员振奋精神，与游击队和根据地的群众一道，运用灵活机动的游击战术，频频出击，骚扰、袭击敌人，搞得敌人昼夜不宁，不久敌人便撤出了根据地，我红二团取得了第一次反"进剿"的胜利。3月3日，杜衡离开部队回省委机关。

3月下旬，红二团转入外线作战，打下铜川金锁关，消灭民团30余人。随后，进军三原与渭北游击队会合，在心字区歼敌骑兵团1个排，在泾阳县袭击了王曲镇民团据点，在泾惠渠吊儿嘴抓住一个叫安立森的美国人，缴获了一些枪支和炸药；在西凤山脚下与营救美国人的敌人1个团遭遇，激战1小时，我军趁大雾撤离战场；部队由西凤山向北运动，全歼了淳化南邑堡地主武装；4月13日，我军又在旬邑县土桥镇歼敌河工队30余人，紧接着又在彬县龙马、高村消灭了几股民团。随后部队返回照金。

红二团外线作战的胜利，扫清了根据地边缘的许多敌人据点，使根据地扩大到5000多平方公里，为创建根据地民主政权准备了条件。1933年4月5日，中共陕甘边特委在照金召开陕甘边第一次工农兵代表大会，选举产生了陕甘边革命委员会，周冬至（农民）为主席，习仲勋为副主席。

红二十六军第二团及周边红军游击队的迅速发展，以及根据地的扩大和苏维埃政权的建立，引起了国民党反动政府的恐慌，于是他们再次调集4个团的部队和6个县民团分四路对我根据地进行"围剿"。面对气焰嚣张的敌人，陕甘边特委和红二团党委召开联席会议，决定李妙斋、习仲勋等带领各游击队坚持根据地斗争，红二团插入敌后寻机打击敌人。红二团离开照金后，在旬邑地区消灭了一些民团，后向北转战，在宁县盘克塬接收了从长武兵变过来的敌何全升部

2 个连。随后，又消灭了段家堡民团数十人。与此同时，根据地群众和游击队坚壁清野，骚扰敌人，使敌人吃尽了苦头，不得不撤出照金地区，我军民再一次粉碎了敌人的"围剿"。

至此，红二十六军第二团完成了省委交给的"创建巩固根据地和扩大红军"的任务。

陈家坡会议[*]

张秀山

中国工农红军第二十六军第四团，是由渭北游击队和富平游击队组建起来的一支正规红军。陈家坡会议后，编入陕甘边红军临时总指挥部序列。

我原在红二十六军第二团骑兵连任指导员，1933年1月，在攻打庙湾镇的战斗中负了重伤，在山里养了3个多月，以后又到西安治疗了一段时间。伤好后，省委又派我回红二十六军工作。那时红二十六军四处活动，没有一个固定的地方。我通过交通员，在三原武字区的太和堡找到了渭北游击队总指挥部。渭北游击队受三原中心县委和红二十六军的双重领导，游击队的总指挥是李平（刘捷三），政委是张培述（绰号张半截子），参谋长是李天保。由于一时找不到红二团，我就随渭北游击队一起行动。当时游击队总共不到

＊ 本文原标题为《从红四团到红四十二师》，收录时做了适当修改。

300 人，编为 4 个中队（包括 1 个少先队），每个中队只有六七十人，虽然多数人有枪，但子弹不多。渭北游击队主要在三原、富平、耀县、高陵一带活动。不久，三原中心县委书记赵伯平来渭北游击队检查工作，游击队政委张培述正在闹情绪，不愿意干，赵伯平和渭北游击队的领导商量，决定由我担任渭北游击队政委，这样我就被留在了渭北游击队。后来，张培述离开了部队，在《西京日报》上以张短人的名字，登了"自首书"，叛变了革命。不久，黄子祥接任了李平的游击队总指挥职务。我在渭北游击队期间，部队打了几仗。一次是在白天奇袭鲁桥镇，我们先派便衣混进了镇里，当敌人发现我们部队时，便衣就拿下了民团的驻地，缴获了一部分枪支弹药。我们还在耀县至三原的公路上数次伏击敌人汽车，取得了一些小的胜利。

1933 年 5 月底，我们渭北游击队接到红二团的通知，要我们到三原心字区的二台子与红二团会合。我们带游击队到达二台子后，杜衡召集红二团的干部和渭北游击队的干部开会，主要讨论红二团南下，去创建渭华根据地的问题。我见到杜衡后，就把我在西安临行前，省委书记袁岳栋要红二团粉碎敌人四个团的"围剿"，创建陕甘革命根据地的意见当面转告了杜衡。杜衡根本听不进省委的意见。就在这次会议之前，杜衡曾在北梁主持召开陕甘边特委与红二团党委联席会议，会上他提出放弃照金根据地，南下渭华建立新的根据地的意见。金里科、刘志丹等都主张部队在照金周围继续打游击，扩大巩固根据地，不同意南下。但是杜衡独断专行，顽固坚持南下，并以大帽子压人，诬蔑刘志丹是"老右倾机会主义"。二台子会议是在一个院子大门外的树下召开的，参加会议的有杜衡、汪锋、王世泰、刘志丹、李杰夫、黄子祥和我。此外，还有高锦纯等一些连队干部。会议开始后，杜衡宣布会议的内容是讨论红二团南下，创建渭华根据地的新任务，接着他又讲了一大套渭华地区如何如何好，如何如何有利。在会上我和黄子祥从渭北根据地的实际需要出发，提出了不同意红二团南下渭华的意见，我提的意见没有被采纳。二台子会议是杜衡推行"左"倾教条主义的一次会议。

会议结束后的第二天下午，红二团开到了武字区，配合渭北游击队攻打敌人占据的长坳。由于红二团急于出发南下，所以只配合游击队打了一下，很快就撤出了战斗。敌人见我们冲进了街内，就跑上南门楼死守。到了天黑以后，我们游击队也只得撤出战斗。当晚，红二团就连夜向渭华地区出发了。杜衡借口要去省委汇报工作，离开部队，自己上西安去了。此时，汪锋担任红二团的政委。

红二团在王世泰、刘志丹和汪锋率领下，6 月 1 日渡过渭河，敌人即派警备第一旅和特务团进行追堵。红二团在蓝田县许家庙地区冲破敌人重兵包围后，边战边走，进至张家坪时，又被许多敌军包围，虽经浴血奋战，但终因敌众我寡弹尽粮绝，遭到了惨痛的失败。红二团的失败是杜衡"左"倾教条主义造成的严重恶果，是陕甘红军历史上最严重的一次失败。刘志丹、王世泰、黄罗斌、吴岱峰等化装脱险，到中秋节时才回到照金根据地的薛家寨。这时，杜衡已经在西安被捕叛变，并在报上登了他的"自首书"。刘志丹回来后，我把杜衡登的"自首书"给他看，他看后非常气愤。

6月份，杨森来渭北游击队，向我们传达了陕西省委的指示，将渭北游击队和富平游击队一起，改编成中国工农红军第二十六军四十二师四团。因耀县游击队政委习仲勋负了伤，省委决定调我去耀县游击队任政委。我把渭北游击队的工作向杨森做了交代，并同他一起研究了改编红四团的一些具体问题。6月13日，渭北、富平游击队在三原武字区正式改编为红四十二师第四团，黄子祥任团长，杨森任政委，王柏栋任参谋长，杨玉亭任经理处长。

1933年8月14日，陕甘边特委在照金苏区的陈家坡召开了陕甘边特委扩大会议，讨论把红四团、耀县游击队和西北民众抗日义勇军三部分武装力量统一起来，成立陕甘边红军临时总指挥部。这就是红二十六军建军史上著名的陈家坡会议。

当红二团失败后，根据地失去了坚强的支柱，在强敌的进攻面前，根据地越来越小，物资奇缺。虽然红四团、西北民众抗日义勇军和耀县游击队到了照金根据地，但由于没有统一的指挥领导，所以根据地仍然存在着严重的危机。为了组建统一的军事指挥机关，巩固根据地和加强红军建设，召开了陈家坡会议。参加会议的有：习仲勋、秦武山、杨森、

108

高岗、李妙斋、张邦英、陈学鼎、陈国栋、黄子祥、王柏栋，以及红四团与游击队的连以上干部和西北民众抗日义勇军中的党员干部，我也参加了这次会议。会议对会合起来的三支部队在今后行动方向、红军临时总指挥部的人选等问题上，发生了激烈的争论。会议从当天下午一直开到了第二天上午，才统一了认识，做出了决定，告以结束。

会议激烈争论的第一个问题，是这三支红军部队今后是统一行动还是继续分散活动的问题。在会上有些同志不同意将三支红军部队统一行动，仍然主张红四团还回到三原地区去打游击。他们认为：现在陕西省委已被敌人破坏了，渭北苏区又退了出来，西北民众抗日义勇军经过了几次战斗所剩下的人也不多了，就目前这点力量来看，还是分散开打游击好些。与此同时，还有一些原来三原地区的干部仍然留恋渭北根据地，希望能将渭北苏区恢复起来。这种想法，在当时的条件下，已是不可能马上实现的事情。与会绝大多数同志认为，当时的形势确实是严重的，但是我们还有红军和游击队，特别是党政军的一部分骨干还在，这是红军和游击队能够巩固和发展的重要力量。因此，红军和游击队应该集中起来，加强领导，统一指挥，在陕甘边特委的正确领导下，红军和根据地一定能得到巩固和发展。经过摆事实，讲道理，最后统一了认识。会议同意把三支红军部队统一起来，组成红军临时总指挥部。

第二个争论的问题，是红军临时总指挥部的总指挥人选问题。会上多数同志主张由西北民众抗日义勇军的王泰吉担任这一职务。但有的同志认为：由王泰吉担任总指挥，这就成了义勇军领导红军了。他们不同意王泰吉来担任这一职务。而实际情况是，西北民众抗日义勇军在耀县起义后，虽然开始部队的成分比较复杂，决心参加革命的人不多，但经过三原辘轳把战斗、耀县小丘战斗之后，西北民众抗日义勇军也只剩下了100余人，不坚定的分子都被淘汰了，这时的抗日义勇军已和红军部队差不多了。而且王泰吉也已经恢复了党籍，因而不存在什么西北民众抗日义勇军领导红军的问题，与会的大多数同志还是同意王泰吉担任红军临时总指挥部的总指挥一职。

第三个争论的问题，是红军临时总指挥部的政委人选问题。经过会议的争论，最后决定由高岗任红军临时总指挥部的政委。

会议统一了党、政、军的认识，制定了正确的作战方针，提出不打大仗打小仗，积小胜为大胜，集中主力红军深入陕甘边地区积极活动的方针。这次会议是陕甘红二十六军建军史上的一个关键步骤，对红二十六军的成长壮大有着十分深远的影响。

陕甘红军临时总指挥部成立后，新组成的红军主力部队就出发到外线，待机歼敌。照金地区留有耀县游击队所属的第一、五、七、九、十一游击支队和薛家寨一个政治保卫队，坚持在照金根据地一带开展游击战争，保卫根据地。我当时被留在了游击队，任耀县游击队总指挥部政委，游击队的总指挥是李妙斋。

不久，红军转到外线作战的部队，打开了旬邑县城所在地张洪镇，歼敌 120 余人，活捉民团的总指挥朱洪章，杀了敌县长，缴了 100 多支枪及大量的军用物资。由于红军的影响不断扩大，敌人调动几个县的民团近 1000 人，向我根据地薛家寨发动了"清剿"。在这次反"清剿"的战斗中，李妙斋不幸英勇牺牲，其职务由吴岱峰接任。

1933 年 10 月上旬，杨虎城又任命杨子恒为总指挥，纠集 4 个团的兵力，并抽调周围几个县的民团配合，共约 6000 人，开始向照金根据地及红二十六军再次进行"清剿"。红二十六军决定主力北上，到陇东的合水、庆阳、正宁、宁县一带活动，消灭敌人的有生力量，游击队留下来坚持根据地的斗争。敌人进攻开始后，用炮兵向薛家寨轰击了三四天，但没有一发炮弹击中我们防御工事的要害。最后，敌人在夜间偷袭攻破了我们的寨子口，我们只得从寨子里撤了出来，北上去找红军主力部队。

薛家寨失守后，特委机关没有固定驻地，特委委员们都是分散活动，有一个时期不能集中起来开会。11 月初，陕甘边区特委和红军临时总指挥部在合水县包家寨召开了联席会议，决定把陕甘红军临时总指挥部及其所属部队改编为红二十六军第四十二师，师长王泰吉，政委高岗，刘志丹任副师长兼参谋长，杨森任师党委书记，下辖红三团和骑兵团。

同时把西北民众抗日义勇军和张邦英、张仲良、陈学鼎的耀县游击队等改编为红三团，团长由王世泰兼任，政委李映南；红四团编为骑兵团，团长赵国卿，政委由杨森兼任。

我们游击队编入红军主力二十六军第四十二师后，因杨森在庆阳三十里铺的战斗中负了重伤，师党委决定由我担任第四十二师师党委书记兼骑兵团政委。当时骑兵团还没有什么马匹，基本上都是步兵。在以后的战斗和训练中，我们不断地补充马匹，一个连一个连地改成骑兵，直到1934年初，在淳化塬上才实质完成由步兵团到骑兵团的改编。

在三里塬战斗中，师政委杨森不幸负了伤。经师党委决定，由我接任红四十二师政委，高锦纯接任骑兵团政委。1935年9月组建红十五军团时，红二十六军第四十二师编入红十五军团序列，番号是第七十八师。

陕北红军游击队的创建和发展[*]

高朗亭

1930 年 12 月，经中共陕北特委批准，在特委书记赵伯平的直接领导下，我和共产党员刘善忠筹款买来了几支枪，又组织共产党员王保民、田汝霖（后改名康雄世）、杨秉权等人，带着这点武器，在横山、绥德、清涧、吴堡、延川、安定、米脂等县进行秘密串联。到 1932 年 2 月，形成了十七八个秘密联络站点和几十个秘密农会小组。我们运用这些联络组织，传送情报，掩护来往人员，宣传党的六大的路线方针政策，保护农民群众的利益，深受群众欢迎。经过一年多的努力，我们掌握了一些基本社会情况，建立了可靠的群众基础，为以后的工作创造了条件。

1932 年 3 月 12 日，我和杨秉权、刘善忠等人，化装到清涧县的怀宁湾雷珠山寨子，缴了地主民团 6 支步枪。13

---

[*] 本文原标题为《陕北红军游击队的创建和发展见闻》，收录时做了适当修改。

日，在田家川村，宣布成立中国工农红军延川游击队，刘善忠任队长，我任政委，杨森茂等党团员10余人和十几名革命群众先后参加了游击队。游击队成立后，主要活动在延川、清涧、安定、绥德、延长、延安等县，打土豪，焚烧契约账簿，宣传、组织群众，还筹款买了1支冲锋枪和1支步枪。

1932年4月18日拂晓，延川游击队在群众的配合下，袭击了延川县永坪镇的地主民团武装，活捉了永坪区区长兼民团团总刘广汉，焚烧了区公所的税捐档案，缴获步枪17支。在镇中心的戏台上召开群众大会，竖起了中国工农红军西北先锋队的军旗，宣布西北先锋队成立，刘善忠任司令员，我任政委，杨作栋任参谋长（后叛变被处死），刘益三任经理处长；并且组建了党团总支委员会，实际上就是中共先锋队委员会，书记党思恭（后脱党）。下辖第一中队，队长杨秉权；第二中队，队长党克明；第三中队，队长康作桂。当时有70余人，30多支线膛枪。当天，先锋队就利用永坪镇的延川县立第三高级小学的油印机，刻印了《中国工农红军西北先锋队成立宣言》《中国工农红军西北先锋队告农民书》《中国工农红军西北先锋队简明军律》各200余份，在镇上张贴宣传，还张贴了没收基督教会牧师吕笙和放高利贷者刘光明财产的布告，宣布全区人民免交捐税。

先锋队在永坪镇紧张地活动了一天，傍晚准备集合出发。这时突然从东门楼上射来一枪，接着四面都响起了枪声，向正在集合的各游击分队进行射击。原来是20公里以外的瓦窑堡驻敌第八十六师骑兵团的两个连赶来，企图消灭刚刚诞生的先锋队。由于遭到突然袭击，无法集合，部队被冲散了。我只身逃出永坪镇，来到15公里外的田家川第五号联络站，同站长田得雨商量怎么集合队伍。田得雨说：距永坪镇7公里处有座高山叫姐姐格堆，上面有座真武庙，周围数十里都能看到，何不把先锋队的军旗插在庙顶上，附近的游击队员看到红旗就会奔来集合。我觉得这个办法好。第二天中午，刘善忠来到了田家川；傍晚，先锋队掌旗员高文俊带着军旗赶到了，还有其他一些同志也在晚上陆续到达。4月20日拂晓，我们上了姐姐格堆山，把军旗插在了真武庙顶上，已到的队员们在庙里边学习边休息。这一招真灵，失散了的队员们望见军旗陆续奔上山来。到22日下午整队点名时，只有受伤被俘的杨桐未到（后来牺牲了），还增加了三名新战士。在简单地总结了战斗经验、刘善忠检讨了自己在组织指挥方面的失误后，部队在军旗引导下向绥德县田庄方向进发。24日，在安定县东区郝岔峪村宿营，下午尾追之敌第八十六师二五六旅的1个步兵营赶到了，敌人上了南山想包围我们，我们则上北山布阵，敌人见包围不成，鸣枪后撤走了。

第二天拂晓前，部队赶到了绥德县的沐沟峪，联络站站长康自盛动员全村男女老少为游击队让房做饭，封锁消息，保护80多名指战员在这里秘密地休整了三天。4月底，先锋队南下回到了延川县的青平川、永坪川一带，这时已有 100 多人。部队计划兵分两路：刘善忠带几个精干分队，北上绥德，打算去田庄镇抓大地主田子厚的孙子做人质筹款；我带一路在延安东北和延川西南一带做群众工作，准备在此建立游击根据地。

刘善忠所带一路，去田庄镇抓地主人质未获，回到延川东北的华家洼。1932 年 5 月 2 日晚混进部队里的几个哥老会分子，暗杀了刘善忠后逃跑投敌。第二天上午，我带队赶到了铸锋原，收集了刘善忠所带的分队，并与尾追之敌清涧县民团 150 余人打了一仗，我们不愿恋战，随即退出战场，无伤亡。当晚部队到达延川城东的育龙渊村，全体指战员一致推举我任司令员兼政委。这时得到消息说，延长县北区农民集合 1 万人准备进县城抗粮、抗捐税，我们遂决定部队昼夜兼程赶赴延长县境，支援农民斗争。部队到达延长县城北育福里村得到消息：进城的几千农民群众已撤出县城，先锋队便渡延河南下。6 月 2 日晚，先锋队在延长县安沟镇附近的二格台村宿营，不少人因走路太多脚热出汗，突然过河下水，脚出了毛病，行动困难，只好就地休息。次日凌晨 5 点左右，尾追之敌 1 个连和民团 100 余人向我发起进攻，因仓促应战，两名同志阵亡，4 人被俘，我和经济员杨森茂受重伤。

这天晚上，我们在梢沟村宿营。几名队员正在给我调理伤口，有一个人突然闯进门来，我们缴了他的枪，经询问，他叫党益三，是中国工农红军陕甘游击队第三支队二大队的一个中队长。他告诉我们，大队政委高岗现就在村南面的高山上。因为经理处处长刘益三和几位共产党员在延安中学时认识高岗，我便让刘益三去南山上见高岗。高岗动员我们同他一道去找刘志丹率领的大部队，我也同意了。这时先锋队把所辖的约80个人、近50支枪编为2个中队，加上党益三的1个中队，共3个中队。两个星期后，寻找刘志丹未着，我们决定经延安、甘泉之间，再通过保安去甘肃省宁县的盘克塬地区，会合刘志丹率领的红军陕甘游击队主力。

我因伤口未愈，留在延安城南的红寺村休养，高岗和参谋长杨作栋带领部队南下盘克塬方向。后因寻找刘志丹的计划没有实现，先锋队只好又回到延川、安定、清涧间的游击根据地。

1932年7月间，我伤愈归队，目睹先锋队的现状，报告延川县委，准备整顿部队。我们在田家川第五号联络站田得雨站长和第一中队长杨秉权等人协助下，于7月26日晚，按预定计划将一批坏分子诱入队部，缴了他们的枪，处决了为首作乱的杨作栋和高清文，开除了几个胁从分子，同时调整组织，召回一些失散的指战员，进行思想教育，使这支部队迅速恢复团结稳定的局面。

先锋队整顿后，又召回一些指战员。通过宣传组织群众，打土豪，斗地主，重新在陕北地区活跃起来。这时，为得到中共陕北特委的领导，搞好队伍建设和明确斗争方向，我到井尔湾联络站，派经济员王保民化装去清涧县城，找到党员惠世温（后改名马万里）等，要他们协助与中共陕北特委联系。陕北特委得悉后，经联络站秘密通知先锋队的负责人，去米脂县的镇子湾联络站接洽。我和王保民便化装动身，来到镇子湾，找到了陕北特委书记赵伯平，宣传委员马明方。当时中共陕北特委急需工作活动经费，我即派王保民提前回部队，奉送800元给特委。我向特委汇报了先锋队组建以来的情况，马明方辅导我学习了党的文件。其间，赵伯平、马明方介绍我由共青团员转为正式共产党员。

1932年10月1日，中共陕北特委决定，把中国工农红军西北先锋队改为中国工农红军陕北游击队第九支队。10月20日，在延川县的高家圪塔，由毕维周代表特委，正式宣布第九支队成立，并授旗发印，任命我为队长，艾龙飞任政委，张承忠、王保民任经济员。第九支队的活动地区仍然在延川、安定、清涧、绥德、延安、延长等县，并指定延川县永坪镇田家川的第五号联络站为陕北特委与第九支队的联络点。陕北特委派党员马万里和共青团员贺吉祥等十几人参加第九支队，由马万里任第九支队党委书记，艾龙飞、景乐礼、王保民和我为委员。特委还命令第九支队积极筹款，寻机打击敌人，不断壮大自己，巩固扩大根据地，进一步开展群众斗争。

12月9日，第九支队抓到清涧县城大地主兼商业资本家、第二高级小学校长白明扬，罚银币3600元，羊毛衣50

套，蓝、黑市布各 5 匹，关押 30 天后释放。随即组织 9 名精干指战员，分三路，秘密给陕北特委送去 2000 块银圆。这期间，还相继缴了民团、土匪武器 10 余件，壮大了自己。组织了一些秘密农会，从中发展了一批党团员。第九支队的游击根据地进一步巩固了。

1933 年 1 月，强世清、史法直等由陕甘游击队回到陕北老家，他们先后参加了陕北游击队。这时地下党组织给第九支队送来可靠情报：国民党安定县县长刘述明于 2 月 9 日由安定县城去瓦窑堡。毕维周和强世清合计，在他必经之道栾家坪进行伏击，并找到史法直和高嘉德，他们 4 人带着冲锋枪、机关枪各 1 挺，自来得枪 1 支、手枪两支，埋伏在栾家坪秀延河桥的左侧。上午 10 点左右，敌县长骑着白马，后面跟着两个护兵，他们刚走上桥头，强世清端起冲锋枪，一夹子弹射出去，刘述明一头栽倒在桥下的冰滩上丧命，两个护兵一个抢骑了县长的马逃掉了，一个被缴了枪。毕维周他们还把第九支队的布告张贴在大路旁和栾家坪的显眼地方。打死敌县长的消息，很快传出，对敌军震动很大，他们曾派出三路人马出城搜捕，折腾了一番毫无所获。

这期间由于我又负了伤，经毕维周报告陕北特委批准，任命强世清为第九支队副支队长。1933 年 4 月下旬，中共陕北特委决定，把第九支队改称中国工农红军陕北游击队第一支队，强世清任支队长，李成荣任政委（未到职）。我伤愈后被调回特委另行分派工作。

1933 年 7 月 23 日，中共陕北特委在佳县高起家坬召开了第四次扩大会议。我是作为游击队的代表参加这次会议的。会议决定：广泛发动群众开展游击战争，组建工农红军；巩固扩大陕北第一支队和延安、延川、安定、清涧等根据地；在清涧地区组建第二支队，在神府地区组建第三支队；其他地区也要创造条件，尽快地组建游击队和建立根据地。

在第四次扩大会议期间，我们获悉清涧县的共产党员王聚德、绥德县共产党员崔正冉从冯玉祥部队哗变的士兵手里得到自来得枪 3 支，这是创建游击队的好条件。7 月 29 日，我就随同崔田夫、崔田民去清涧、绥德组建红二支队。我们经绥德县刘家湾联络站，沿无定河顺流而下，经苏家岩、学武村、惠焉里到王家山找到了王聚德和哗变士兵罗永宽（已加入共产党）。

8 月 5 日，由崔田民主持，在王家山组建了中国工农红军陕北游击队第二支队，罗永宽任支队长，我任政委，王聚德任经济员，队员有崔正冉等 10 余人。第二支队成立后，一面组织群众，宣传抗日救国，打土豪，抗捐租，一面寻机壮大自己。两个星期以后，在清涧县的袁家沟遇到从红二十六军回家探亲的白雪山，我和王聚德立即主动去请他介绍陕甘红二十六军武装斗争的经验。白雪山讲了两个半夜，我们很受启发。

不久，在中共铁茄坪区委领导下，第二支队召集了党团员 20 多人，由崔世俊（副区长）做向导，于中秋节夜晚抓获了绥德县薛家峁区区长、地主薛运通，缴获元宝 4 个，没收了一些财产，烧了契约账簿。我还以第二支队的名义起草了一份布告，由崔世俊抄写两张贴出，公布了薛运通的罪状，就地处决。将 4 个元宝上缴陕北特委两个，剩下两个第二支队用来买了两支手枪和 1 支步枪，余下供给生活费用。

为了开辟神木、府谷地区的游击根据地，陕北特委又决定调我和罗永宽去组建神府第三支队，调 3 支自来得枪给特委，拟组建特务队。

1933 年 9 月，我和崔正冉、罗永宽将 3 支自来得枪交给了陕北特委，崔正冉仍回第二支队工作，我和罗永宽徒手去神府地区。我们化装沿黄河西岸北行，三天后在神木县的贾家沟找到南区区委书记贾怀光。在这以前，神府地区已经由王兆相、马万里、李成兰等组成了神府特务队，李成兰任队长，王兆相任政委。贾怀光见到我们后，即让贾汝胜做向导，到高家堡的一个联络站找到了李成兰等。我们商定：先筹款，帮助陕北特委解决生活经费和游击队的筹建费。经过一段时间的努力，特务队已筹集到现金数百元和部分物资，给陕北特委和神木南区区委送去部分，其余用来筹建第三支队，这时特务队已发展到 15 人、9 支枪，声势渐大。

1933 年 11 月中旬，神府特务队改为中国工农红军陕北游击队第三支队，先由李成荣制作了镰刀、锤子图案的红锦队旗，贾怀光代表特委授旗，宣布王兆相任支队长，马万里任政委，杨炳文为经济员。

12月下旬，陕北特委派张毅忱到崔白家沟联络站，传达特委指示：调王兆相、马万里回陕北特委组建特务队，任命我为第三支队队长，张毅忱为政委。但此后不久，我因病休养了，等张毅忱调回特委时，我痊愈后随他回到陕北特委。王兆相仍继续任队长，贾怀光任过一段政委，后改由杨文谟担任。

1934年1月22日，中共中央北方局驻西北军事特派员谢子长回到陕北，与陕北特委接洽后，了解到第一支队的情况，决定马上恢复第一支队。原来，1933年9月上旬，强世清又未请示中共陕北特委，自己带了3个分队，第二次南下陕甘边，在甘肃合水县古城川会合了红二十六军第四团，一起进行活动，先后取得旬邑县首府张洪镇、合水县城等战斗胜利，人员装备得到充实。1933年11月间第一支队回到陕北安定，不久在枣树坪、关庄战斗连续失利，支队长强世清、政委魏武、继任队长白德胜先后牺牲，部队失去领导核心，余下人员和少数领导人于11月28日没有请示陕北特委即决定分散活动，第一支队遂解体。这次子长提出恢复第一支队后，特委遂派白雪山、崔正冉、王聚德护送谢子长到安定、延川地区，进行第一支队的恢复工作。经过一段时间努力，集中了分散人员，于3月8日在刘家圪崂恢复了第一支队，李盛堂任支队长，谢绍安任副支队长，以后谢子长又任命贺晋年为第一支队政委。此后，第一支队在横山县的大庙山、冷窑子等地打了几次胜仗，队伍扩大到50多人、50多支枪，赤卫军、少先队也发展到五六千人，成了陕北游击队的一支劲旅。

白雪山、崔正冉、王聚德等护送谢子长到安定后，把第一支队送给的十几支枪带回了清涧第二支队，特委还任命白雪山为第二支队支队长，王怀德为政委。1934年1月22日傍晚，清涧县东区的豪绅们正在解家沟镇集会，七嘴八舌地争论着征收粮款的办法，第二支队在赤卫队配合下突然闯入会场，抓了高攀等10个豪绅，并张贴布告，列举其罪行后一律砍头。其中一个没有砍死，昏倒在地，游击队走后，他逃跑了。这就是流传四方的红军在解家沟杀了九个半豪绅的故事。自此之后，清涧东区、绥德南区的豪绅再也不敢伸手逼租收税了，当地群众过了个平安的春节。群众扬眉吐气，自发起来抓豪绅斗地主，配合第二支队袭击了店子沟的李成善民团，缴枪10余支。到3月间，第二支队开辟了清涧东区、绥德南区、延川东北区的大块地区为革命根据地。

神府的第三支队，1月初接到群众的报告：豪绅地主限春节前交齐1933年的租税，交不齐的就用铁链拉着游村示众，他们所到之处还要杀猪来款待。有的农民已开始卖农具，甚至卖儿女了。地方党组织来信要求第三支队保护人民利益。队委派人四处侦察情况后，于1月10日至25日，先后在佳县北区、神木东区、府谷南区，杀掉豪绅、差役各3人，并以第三支队的名义出示布告列数其罪行，这些地区的地主豪绅的气焰被一扫而光，群众也过了个安稳的春节。百日之内第三支队人数扩大了两倍，根据地也向四周扩大了50公里，除沙峁镇和黄河边的盘塘镇有国民党军和民团驻守外，所有的农村小集镇都成了人民的天下。

1934年1月间，陕北特委派马佩勋到吴堡县宋家川和佳县的蜢蜊峪一带，联络一些保运鸦片的镖客组成了"抗日义勇队"，薛俊山任队长，马佩勋任政委，当时仅有两支短枪，十几个人。2月初的一个晚上，义勇队配合地下党团员，组织了木头峪暴动。2月9日，陕北特委委员高长久到达樊家圪坨，队伍饭后集合，高长久宣布义勇队改为中国工农红军陕北游击队第四支队，薛俊山为队长，马佩勋为政委，薛五栓为第一分队长，我担任了第二分队长（后又继为政委）。第四支队成立后，经过三个星期的整顿、训练、改造，迅速扩大到五六十人，创建了吴堡、佳县、绥德三县交界的革命根据地。

接着，绥德南区王家沟的地下党组织，首先在本村秘密组织了农会、赤卫军、少先队，积极开展了打土豪、斗地主、杀差役的斗争，并陆续筹款买了9支枪。3月8日，在苏家圪坨宣布成立了中国工农红军陕北游击队第五支队，郭洪涛代表陕北特委授旗，任命崔正冉为支队长，马万里为政委，当时仅有队员15人。第五支队在绥德的东、南、北区和吴堡的南区进行游击活动。

随着游击队的迅速发展壮大和游击战的广泛开展，陕北特委于 1934 年 4 月 4 日，在佳县南区的神堂沟召开了扩大会议，决定组建陕北红军游击队总指挥部，以统一指挥陕北各游击队；提出在 1934 年底创建 1 个师的红军，形成主力作战部队，更有力地打击敌人，推动游击战的进一步发展。据此，经过一段时间准备，于 7 月 8 日在安定县的二道峁正式组建了中国工农红军陕北游击队总指挥部，谢子长兼任总指挥，郭洪涛任政委，贺晋年任参谋长。总指挥部的成立，标志着陕北游击战争已进入一个新的历史阶段。

1935 年 1 月底，以陕北红军游击队为基础，在安定白庙岔成立了中国工农红军第二十七军八十四师，杨琪任师长，张达志任政委。1935 年 9 月组建红十五军团时，红二十七军八十四师编入红十五军团序列，番号是第八十一师。

神府特务队[*]

王兆相

1933 年 8 月初，陕北特委负责人马文瑞来到我家，向我传达了刚刚结束的陕北特委第四次扩大会议精神，重点介绍特委决定在神木、府谷地区创建游击队和革命根据地的情况，并要我负责游击队的工作，我听了以后很高兴。这一决定不仅符合当时革命斗争形势的需要，也反映了人民群众的愿望和广大党员的迫切要求。为了帮助我熟悉情况，马文瑞还向我详细介绍了神府一年来革命斗争发展的形势，分析了创建神府游击队、开辟神府苏区的有利条件。

当时，神府地区党的基层组织已发展到 10 多个支部，党员有 200 多人。陕北特委曾先后派崔田民、张达志、刘晓春等来神府地区做群众工作，宣传毛泽东、朱德在南方领导工农红军打土豪分田地、开展游击战的情况；介绍刘志丹、

---

[*] 本文原标题为《神府游击队的创建和游击战的开展》，收录时做了适当修改。

谢子长领导陕甘红军开展武装斗争的革命形势。中共神木县南区区委对创建游击队特别重视，区委的负责人贾怀光、贾令德、乔钟灵等人通过筹款买枪、派人到国民党军队去当兵往回拖枪等多种途径，先后搞到 2 支长枪、3 支短枪，为游击队的组建提供了武器保障。

1933 年秋，中共神木县南区区委根据陕北特委第四次扩大会议精神，于 10 月 18 日在温家川两山坡上的尚家峁召开了游击队成立会议。

尚家峁住着一户人家，主人叫张景新，家有三孔窑洞，都排在崖下，地形非常隐蔽，这里是区委的联络地点。当我走进西边的窑洞一看，区委书记贾怀光已经到了。在屋里还有李成兰，他是绥德人，我们在红二十六军第二团时就认识了，他一见到我就紧紧地把我的手握住了，高兴地说："老伙计，这回我们也有自己的队伍了！"不一会儿，李成兰的弟弟李成荣，清涧县的高家德，神木县的贾兰枝、乔六十和乌龙铺一个姓刘的青年都按时聚齐了。这时，区委书记贾怀光代表特委主持开会，他说："现在宣布神府地区共产党领导的武装组织正式成立。经陕北特委批准，它的名字暂称神府特务队，队长李成兰、政委王兆相，队员是今天到会的其他 5 名同志。特务队今后的任务就是宣传群众、组织群众、保卫群众，积极开展对敌武装斗争。"贾怀光讲完话后，我们 7 名成员都站了起来，庄严地宣了誓，表示坚决服从党的领导，遵守纪律，不怕牺牲，勇敢战斗，坚持革命，斗争到底。

会议开完后，已经到了中午时分，房东张景新为祝贺特务队的成立，宰了一只羊，炖了满满一锅羊肉。我们一边吃着一边商量特务队今后的任务、活动方法和发展计划，个个都充满了信心。我也暗下决心：一定要带好这支队伍，开创神府革命根据地。

当天晚上，我们决定去打温家川的大土豪温士尚，并准备了以神府特务队名义出示的布告。下山途中，我们兵分两组，队长李成兰带领3个人到温士尚家抓人，我带两个人到路家沟温士尚开的铺子抓人。结果在这两个地方都没有抓到温士尚和他家主要的人，乌龙铺那个姓刘的青年队员却因枪走火打死了温士尚家中一个10多岁的女孩。我们两组人合到一起后，认为温士尚没有抓到，却打死了他的女孩，影响不好，原准备的布告就不出了。初次战斗不顺，我们迅即离开了温家川。过了神木河，转到西岸，准备偷袭高家堡民团。这个民团有十几个人，其中还有几个共产党员在里面。我们原想让他们做内应，可是经与高家堡党组织联系，他们不同意，说是还要利用这个民团做掩护，更好地开展活动。这样，我们便放弃了偷袭高家堡民团的计划。

特务队正准备开展新的活动时，陕北特委派来了高朗亭和一个姓罗的同志，他们带来了区委书记贾怀光的信。区委在信中指示我们寻机处决贾家沟的告密分子贾正官和贾风隆。于是，特务队当夜赶到神木河西岸贾家沟附近的康家山隐蔽住下。

经研究，决定利用贾正官妹子出嫁之时采取行动。月底的一天，贾正官家中张灯结彩，人来客往，十分热闹。特务队化装成民团来到贾正官家，假称要他和贾风隆带路去抓共产党，贾正官一听赶忙撂下家里的事跟我们出来，带领我们去找贾风隆。当到了贾风隆家中后，我们立即动手把这两个家伙捆了起来，明白告诉他俩：我们是共产党领导的神府特务队，今天代表人民来处决你们！这两个家伙一听急忙下跪求饶，平时那种狐假虎威的劲头一点也没有了。在村外的一堵山崖下，我们处决了这两个可恶的告密分子，并在贾家沟张贴了神府特务队的第一张布告，列举了贾正官、贾风隆多次向敌人告密，带人搜捕共产党员，危害中共党组织的罪行。布告还写明我们特务队的任务是要打倒贪官污吏、土豪劣绅，取消苛捐杂税、取消地租、取消高利贷，消灭人剥削人的制度，建立劳动人民的政权。

处决了贾正官、贾风隆不久，我们又化装成国民党军队，到神木河东岸的荫家寨子去抓号称东山王的恶霸地主乔世元。不巧，乔世元不在家，我们就向他家要了些钱，并提出警告，不许他以后再为非作歹、欺压百姓。随后，我们又在温家川的红教寺、呼家庄和山上等地镇压了几个以权欺诈、横征暴敛、作恶多端的税吏。

特务队的活动引起了敌人的恐慌，开始派兵进行"清剿"，对有怀疑的人家进行打、抢、烧、杀。我的父亲和队员刘文祥的父亲都被抓去打得死去活来，两家的窑洞、房屋和生活用品也被烧光。为了不使贫苦群众再受特务队的牵连，我们白天隐蔽，晚上活动，每到一村不再让党员和贫苦群众公开接待我们，而是到民愤不大又比较开明的地主、富农和村长家里。这样，使他们既不敢去告密，也不再怕我们了。贫苦群众对此也很满意，感到特务队是为老百姓着想，暗地里和我们的心贴得更紧了。王家后洼王甫梅老妈妈把自己的两个儿子送到特务队，坚决要求当红军，在人民群众的支持下，特务队有了发展，活动的范围也不断扩大。而地主豪绅却害怕了，他们看到乡里起了红军，都纷纷逃往县城和驻有国民党军队的集镇寻求保护，县里的"衙役"也不敢下乡收税催款了，地主不敢逼租了，高利贷者不敢讨债了，穷苦群众感到松了一口气。

1933年11月初，陕北特委为了加强特务队的力量，又派马佩勋、马万里和张衡等从吴堡来到神府地区，并给特务队带来3支驳壳枪和一部分子弹。大家看到特委这样重视神府地区的武装斗争和特务队的发展，斗争信心更足了。当天晚上，即出击龙尾峁打了一次土豪，搞到一些大烟土和十几匹骡子，然后转移到虎头峁休息。为了表示对特委的感谢，我们派人送两匹骡子和部分烟土给特委做活动经费，其余的骡子和烟土让曹华山拉到山西去卖了钱，供我们自己使用。

就在这天晚上，一个队员摆弄枪走火，把队长李成兰的膝盖骨打伤。由于枪声暴露了目标，我们不能在虎头峁久留，便迅速把李队长转移到刘老庄，并留下他的弟弟李成荣和乔六十照顾他。就在我们离开刘老庄不久，敌人便跟踪追了上来，李成兰三人被发现，在顽强抵抗中，李成荣被烧死在地窖里，李成兰和乔六十被敌人抓住杀害了。这是我们特务队成立以来较大的一次损失。对他们的牺牲，我们全队都很悲痛，也更激起了我们对敌人的仇恨，大家决心狠狠地打击敌人，为李队长报仇。

1933 年 11 月，马佩勋等来特务队时，传达了陕北特委关于把神府特务队改编为陕北工农红军游击队第三支队的决定。11 月中旬，陕北特委派贾怀光在松树峰正式宣布了特委关于将神府特务队改编为中国工农红军陕北游击队第三支队的决定，我任队长，马万里任政委。这时的第三支队已有20 多人了。

第三支队成立后，在菜园沟公开活动了几天。我们走后不久，敌人就在菜园沟杀害了 17 名进步群众，房子也烧了不少，给群众带来了很大的不幸和损失。对此，第三支队内部就对隐蔽活动还是公开大干的问题产生了意见分歧。一种意见认为，游击队的力量小，经验少，武器装备差，不能与敌人硬碰；另一种意见认为，既然是干共产党，闹红军，就不能前怕狼、后怕虎，群众受迫害可以逼得他们起来闹革命。对此，我是坚持前一种意见的。由于两种不同意见的争论，影响了支队内部的团结，也影响了对上级指示的贯彻执行。

12 月下旬，第三支队在崔白家沟住宿，村里来人到队部把马万里、高朗亭和老罗叫走。不一会儿，他们和陕北特委新派来的刘晓春（又名张毅忱）又回到队部，召集大家开会，刘晓春向大家宣布了陕北特委的决定：调马万里回特委工作；调我到特委任特务队长（因道路不通未能到特委，后请假回家）；高朗亭为第三支队代理队长；刘晓春为第三支队政委。

1934 年 1 月，中共神木县委成立，原区委书记贾怀光担任县委书记。他给我来信说，第三支队公开活动后，在楼子里受到挫折，损失很大，部队被打散，群众也多人被杀，支队的几个领导又被调回特委了，他兼任支队政委，要我仍回第三支队工作。因此，我又返回第三支队，继续担任支队长。

第三支队在县委的领导下，认真总结了前一阶段斗争的经验教训，仍采取依靠群众、隐蔽活动的方式坚持武装斗争。有时为了斗争形势的需要，我们也进行一些公开的活动，那就是在打土豪的时候，公开给群众分粮、分钱、分衣物，并借此机会做宣传发动工作，在群众基础较好、条件成熟的村庄组织农会、赤卫军、少先队、妇女会等。

1934 年 4 月初，我们接到沙峁镇地方党组织的情报，说沙峁镇的国民党军开走了，只留下 20 多个民团看守镇子，要我们去消灭这股敌人。沙峁镇是神木县去山西省兴县通商的必经之路，地处神木河东岸，背靠高山，有 100 多户人家。这里的地形我们比较熟。我派了两个战士先去摸掉敌人的哨兵，随后，我带其他队员再去包围敌人住的院子。可是我们一直走到民团住的窑洞脑畔，仍不见摸哨的行动，后来才知道那两个战士走错路，没有及时赶到。当我爬上脑畔观察敌情时，被敌哨兵发现，敌人哨兵慌忙放了一枪就跑进了窑洞。这时，我只好带着十几个人一冲而上，把窑洞包围起来，但是由于缺乏作战经验，又没有手榴弹，无法攻进去，敌人死守着窑洞不出来，向外面乱打枪，新战士白明清被敌人打中牺牲了，我感到继续对峙下去对我们不利，就决定撤走。这次战斗虽然没有成功，但却锻炼了大家。战斗结束后，我带领第三支队来到呼家庄。这时，陕北特委又派杨文谟来第三支队任政委。杨文谟曾在红二十六军担任过指导员，打仗勇敢，作战经验丰富，而且善于团结同志，会做政治工作，他的到来为第三支队思想政治工作的开展奠定了基础。

1934 年夏秋之间，第三支队接连打了几个胜仗，在敌人盘踞的沙峁镇、盘塘镇、沙峁头和太和寨等地开辟了新的游击区。特别是经过太和寨和菜园沟两次战斗，使我们游击队在神府地区打开了局面，站稳了脚跟。

太和寨位于神木县西南部，是当地恶霸地主王进成的老巢。王进成手下有一支 20 多人的团防武装，平时横行乡里，民愤极大，对我游击队的活动也是一个威胁。为了拔掉这个"钉子"，为民除害，开辟神木西南部游击区，经请示县委后，决定采取统战政策，先争取贾家阳崖贾怀德的民团中立，再攻打太和寨，消灭王进成民团。

　　贾家阳崖距太和寨 5 公里路，也是一个比较大的村镇。驻守着贾怀德的民团近 30 人，与太和寨民团是属于联防关系。贾怀德的弟弟贾怀智和贾怀安是我地下党员，贾怀德在他两个弟弟的影响下，比较开明。因此，在攻打太和寨之前，县委派贾怀安回到家先做通了贾怀德的工作，告知我们不打他，但为了免除"不联防"的嫌疑，我们建议贾怀德把民团撤到沙峁头村去。贾怀德接受了我们的意见，把民团撤走。当天晚上，我就带第三支队到贾怀德家住下，但在研究如何攻打太和寨时，我又感到有些情况了解不细，原定攻打方案把握不大，因此，又把第三支队撤到崔白家沟隐蔽起来。为了摸清太和寨的敌情和地形，第二天，我和一个游击队员化装成农民，到太和寨对面的山上进行了侦察。回来后，我向支队其他领导和县委的负责同志介绍了太和寨的敌情和地形。王进成的民团住在村子中间的三关庙内，庙北山脚下有一个场院，哨兵就设在场院内，根据这个情况，我提出了偷袭的方案，决定在天亮前趁敌人酣睡的时候，摸掉敌人的哨兵，把敌人堵在被窝里，争取一枪不放，就取得战斗的胜利。具体的战斗分工是：我在前面负责抓哨兵、堵南门，同时准备万一抓不到哨兵时就采取硬攻；杨文谟政委在后面带一个梯子，准备爬上庙顶压制敌人；副班长王进修负责堵北门，防止敌人从后面逃跑。县委的同志又派了几十名赤卫队员参加战斗，为我们壮大声势。

1934年6月上旬的一天夜里，第三支队和参加战斗的赤卫队员近100人，从崔白家沟出发，拂晓前赶到了三关庙北侧的山上。趁休息机会，我向大家交代了战斗中的注意事项，然后便分头行动。我带着一部分人顺山坡往下行进，已经到了场院墙边，仍没有见到敌哨兵在什么地方，我估计敌哨兵可能睡着了，就快步进了场院，不料脚步声把蹲在墙角的哨兵惊醒了，哨兵抱着枪迷迷糊糊地问了一声："谁?"我急速冲上前抓住敌哨兵，低声喝道："不准叫嚷，声张我就打死你!"可是敌哨兵手中的枪还是响了。我随即大喊一声："快往南门冲!"接着就带人堵住了南门，杨文谟政委带人迅速爬上了庙顶，王进修带人堵住了北门。开始，庙内的敌人想爬上庙顶，占领制高点，但被杨文谟政委他们的火力压了下去，南北两门又被我们堵住，敌人被围在庙里出不来，只好向外乱射击。而我们想进也进不去。这样相持了一个多小时，天已亮了。我遂和杨文谟政委、王进修商量决定网开一面，让开北门放敌逃跑，在运动中歼敌。果然不出我所料，敌人从北门逃了出来，我们南北夹击，一下子抓了20个俘虏，缴获20条枪，只有恶霸地主王进成和马弁逃走了。这次战斗，我们只牺牲了1名战士，以小的代价换取了大的胜利。

太和寨被我攻克后，引起了敌人的恐慌，其他一些敌据点开始加修防御工事，有的团防武装还组成了共守联盟。但是大多数团防武装反共都不那么积极，有时在国民党正规军的逼迫下，不得已做些表面文章，对于这样的团防武装，我们尽量争取，做到互不相扰，而集中力量去袭击进乡骚扰的国民党小股军队，夺取武器给养，扩充游击队的力量。

6月下旬，驻守在盘塘镇的国民党军第五一二团四连派了几个士兵给神木县城的团部送粮食、布匹和皮鞋等军用物资，路过菜园沟西山时，被县委组织的赤卫队打了伏击，赶跑了押运人员，把夺下的粮食和布匹分给了周围群众，皮鞋分给了赤卫队员，这下惹恼了敌人。6月28日，敌第五一二团四连的一排、二排来到菜园沟，他们把群众围在一面土崖下，逼着群众把分的东西都交出来，要不交就用柴火烧死群众。这天，我们第三支队正驻在刘家洼，离菜园沟不到4公里，听到这个消息后，部队立即跑步前去营救。政委杨文谟边跑边做动员，他说："这股敌人里有我们的地下党，要利用这个时机，做好瓦解敌人的工作。"

当我们赶到菜园沟北山梁时，附近几个村子的赤卫队和数百名群众举着长矛大刀已经把敌人围起来了，看到这种情况，我们抓住时机开展政治攻势，向敌人喊话。敌人也开始在崖下向我们问话："王兆相、杨文谟在不在？"杨政委一听好像是我地下党员敌军二排长刘镇西（又名刘鸿飞）的声音，便喊着刘镇西的名字，要他赶快起义。不一会儿，刘镇西把他那个排的士兵带了出来，向第三支队交了枪。敌军一排长张家俊见二排起义后，也举手投降了。结果我们依靠群众的力量和政治攻势，很快瓦解了敌军两个排，共缴获40多条枪，这股敌人起义后，刘镇西担任了第三支队参谋长。

上述两次战斗的胜利，消灭了敌人的有生力量，壮大了我们的武装，对于神府地区武装斗争的开展和根据地的发展都有着极为重要的意义。到了 1934 年的秋天，神府苏区南面发展到秃尾河两岸，东北发展到黄河西岸和府谷县孤山以南地区，西北发展到高家堡周围和神木城一带。随着苏区的扩大，党的组织、团的组织也相应发展壮大了，府谷、神木、佳芦等县先后成立中共县委和共青团县团委，发展共产党员 2000 多名、团员 1000 多名，在已开辟的苏区内都建立了基层革命政权。特别是分配土地，极大地激发了贫苦群众的革命热情，青年、妇女、赤卫队和少先队等各项工作都十分活跃，很多青年都积极要求参加红军游击队。第三支队当时发展到 200 多人，虽然枪还不足 100 支，不少人还是拿大刀长矛，但它在群众的心目中已成为一支威武雄壮的队伍了。在第三支队发展壮大的同时，神木县高家堡一带成立了第十一支队，府谷北区成立了第七支队，佳芦地区成立了第二十一支队，各个区在原赤卫队的基础上还成立了特务队，整个神府地区武装斗争风起云涌，武装力量迅速发展壮大起来。

1934 年秋天，陕北特委根据神府苏区不断扩大和陕北红军游击队迅猛发展的新形势，决定把第三支队改编成为中国工农红军陕北独立第三团。9 月 18 日是个秋高气爽的日子，在神木县王家庄，神府工委书记王达成代表特委正式宣布神府红军游击队第三支队改编为中国工农红军陕北独立第三团，团长王兆相、政治委员杨文谟、参谋长刘鸿飞，下辖3 个步兵连、1 个骑兵连，共有 200 多人。从此，神府游击队这支土生土长的农民武装正式编入了中国工农红军的战斗序列，开始了新的战斗历程。

红军晋西游击队[*]

吴岱峰　马佩勋　马云泽

1930 年蒋冯阎中原大战后，山西境内各军阀钩心斗角，矛盾尖锐，民众的抗粮抗款、抗税抗捐等斗争不断发生，活跃在各路军阀部队中的中共地下党组织，积极进行兵运工作，山西出现了空前有利于革命的形势。10 月，中共中央北方局在天津召开扩大会议，决定在山西尽快组织工农红军，创建革命根据地。

晋西的吕梁山区，山峦起伏，地势险要，交通不便。这里土地贫瘠，土豪劣绅、官府贪官对人民群众盘剥尤为残酷。隔河相对的陕北，有着较好的革命形势。根据这些特殊情况，山西省委决定在吕梁山区建立一支党领导的工农武装，开展农村游击战争，并就此与中共陕北特委取得了联系。1930 年底，山西省委从军阀高桂滋部队中抽调党员拓

---

　* 本文原标题为《回忆中国工农红军晋西游击队》，收录时做了适当修改。

克宽、杨仲远等先后到汾阳、离石、柳林一带做准备工作。中共陕北特委也先后派阎红彦、白锡林等到晋西，参加创建游击队。为便于与游击队的联系，山西特委以"实业救国"为名，在太原市南郊开办了一个"并州养蜂场"，作为秘密联络机关。刘天章等在这里多次召集会议，研究晋西游击队的创建问题。

汾阳是太原到吕梁山区的必经之地，根据特委指示，杨仲远将党的秘密联络站设在汾阳东关商业区的万义客栈。为加强汾阳联络站的工作，在筹建人员中组织了临时党支部，杨仲远任支部书记，阎红彦、拓克宽、黄子文、吴岱峰、胡廷俊为支部委员，白锡林为候补委员，当时的领导分工是：杨仲远任联络站主任，坐镇汾阳，负责筹集武器弹药，转运调配人员；阎红彦等负责太原、汾阳和吕梁山区间的联络；白锡林等在山区领导游击小组并做群众工作。此外，阎红彦、白锡林还负责做争取"土客"的工作。

当时在吕梁山区辛庄一带住着史治贵等股"土客"武装，其中贺兆瑞是一股"土客"的小头目，他无恶不作，在群众中影响极坏，阎红彦等决定从他开刀，清除"土客"中的不服改造者。向特委报告后，特委指示：把从工厂、农村和军阀部队中抽调的游击队骨干先行派入"土客"部队中去，待情况有利时，再将贺兆瑞及其亲信清除掉，宣布成立游击队。为执行这一指示，1931 年 5 月初，特委书记刘天章和谷雄一、拓克宽、阎红彦等，在"并州养蜂场"召开会议，确定了游击队的名称、任务、行动方针和活动区域等事宜。5月上旬，游击队的30余名骨干成员已陆续上山，集中在辛庄（今孝义县楼底村附近）一带，当时共有长短枪25件，其中有拓克宽等人随身带来的驳壳枪9支、勃朗宁手枪2支，联络站转运来的步枪9支、骑枪5支。

一天早晨，阎红彦等以开会为名，将贺兆瑞及其亲信叫到地主王继社的大院（"土客"的队部），突然缴了贺兆瑞的枪。接着将他拉到辛庄坡下的清真观前，召开群众大会，当众处决了贺兆瑞。随后，游击队员立即集中到辛庄王继社的大院，在这里召开了晋西游击队的成立大会。拓克宽在会上宣布了根据山西特委意见，由临时党支部建议的游击队领导人名单，全体队员举手通过，他们是：大队长拓克宽，副大队长阎红彦、吴岱峰（在汾阳，未到会），政委黄子文（在太原，未到会），党支部书记杨仲远。中共山西特委将游击队命名为"中国工农红军西北游击大队晋西游击队第一大队"（简称晋西游击队），大队下辖2个中队：第一中队，队长由阎红彦兼任；第二中队，队长白锡林。每个中队辖3个班，游击队队员都佩戴红领带，又名"牺牲带"，以表示勇于为革命流血牺牲。大会上，杨仲远带领大家举手宣誓，阎红彦讲了国内斗争形势和成立工农武装的意义以及红军的性质、任务等。从此，吕梁山上飘起了第一面有镰刀斧头的革命红旗，山西第一支由中国共产党直接领导的革命武装诞生了。

游击队成立后没几天，就转移到了孝义县西宋庄（今归交口县），西宋庄在辛庄以南几公里的高山上，是一个较大的村子，这里山高沟深，易守难攻，而且群众基础也好，是个比较理想的游击根据地，晋西游击队就以这里为基地，在吕梁山区展开了系列游击活动。

晋西游击队成立后，就以汾阳县三道川，中阳县上桥村，孝义县邹家庄、西宋庄为中心地区，发动群众，开展游击战争。

建队以后，党支部作为领导核心，发挥了战斗堡垒作用。阎红彦任支部的组织委员，黄子文兼任宣传委员，拓克宽任军事委员，白锡林为候补委员（书记杨仲远在汾阳坐镇）。支部下设3个党小组，大队小组由拓克宽兼组长，一中队由田有莘任组长，二中队由曹鸿北任组长，支部规定党小组每半月开一次会，支部会一月一次，遇有重大问题时由书记临时召集。宣传工作，由政委直接负责，利用一切机会和手段，向群众宣传红军的性质任务，发动群众抗粮抗租抗税，同地主、劣绅、官府做斗争。游击队还到处张贴布告，宣传红军的政治主张。

在地方党的领导下，晋西游击队在吕梁山区开展打土豪、分浮财、反官府、除恶霸的斗争，扩大了在群众中的影响，劳苦大众拍手称快，地主恶霸心惊肉跳。

孝义县碾头村，有个恶霸地主武世恭，横行乡里，鱼肉百姓，罪大恶极。群众派人要求游击队惩治武世恭，武闻风而逃。经游击队员马佩勋的详细侦察，确悉武世恭已逃到介休县的张兰镇。1931年6月29日，阎红彦装扮成商人，带领4名队员，在当地农会帮助下，深入虎穴，智擒武世恭父子。回到碾头村，没收了武的家财，分给贫民，并迫其退赔了高利贷，武世恭交由农会处置。这一消息传开后，震慑了远近的恶霸地主，扩大了游击队的政治影响，有些贫苦农民纷纷要求加入游击队。游击队除了打仗、宣传群众、帮老乡干活外，还经常抓紧时间进行军事训练，提高战斗力。

晋西游击队从开始组建时起，就十分注意做当地军阀部队中下层士兵的策反工作。在汾阳县永安镇，驻有晋军赵协中部的1个加强排。杨仲远利用陕北老乡关系，在永安镇牛羊店里结识了驻军牟排长（名字记不清）和冯金福班长，向他们讲述革命道理，并把他们发展成共产党员。杨仲远将这一情况报告队委后，游击队队委会认为这个排具备了起义条件，决定派阎红彦、胡廷俊和白锡林等去发动"永安兵变"。1931年7月初，阎红彦等人到永安镇，经与牟、冯策划布置，于一个夜晚举行了起义。在转移途中，阎红彦指挥起义官兵击退了1个连的追兵，将30多名起义人员顺利带回到游击队驻地。这支部队被整编为晋西游击队第三中队，牟排长和冯金福分别担任了这个中队的正、副中队长。起义兵带来的枪支全部是奉天（沈阳）造步枪和晋造冲锋枪。至此，晋西游击队已发展到90多人，长短枪80余支。永安兵变的成功，大大加强了晋西游击队的实力，是山西我党领导进行兵运工作的一个范例。

　　1931年夏季的一天，石楼县水头镇的地下党送来情报，说驻该镇敌军1个连来包围游击队。队委研究决定：由拓克宽、阎红彦率队在敌必经之路上，选择有利地形伏击敌人。天黑以后部队出动，在离水头镇不远的地方，选了一个两侧是高山密林的地形埋伏下来。第二天拂晓，放过敌侦察兵，等敌人全部进入伏击圈以后，阎红彦鸣枪为号，游击队集中火力向敌人射击，敌军被打得晕头转向，乱成一团，拼命向山里逃窜。我预先埋伏在山里的胡廷俊小组，居高临下向逃敌猛烈射击。经过一场激战，敌军1个连大部被歼。俘敌五六十人，缴获了敌人全部武器弹药。战后游击队来到水头镇，召开群众大会，宣布了对俘虏的处理，愿意参加红军的欢迎留下，愿意回家的发给每人两块银洋的路费。游击队当晚撤出水头镇。

　　有一次，游击队夜行军向石楼前进，拂晓赶到了老鸦掌。部队在半山腰的骆驼场休息时，高山上的敌人发现了游击队，即向我开枪，队长拓克宽率队迅速爬上南山，占据有利地形，沉着应战，待敌人逼近时，用手榴弹和冲锋枪猛投猛射，把敌人击退。不久，敌人又组织力量向游击队发动新的进攻，又被打退。战斗持续到中午，游击队因弹药不足，不宜和敌拼消耗，便主动地撤出战斗。

　　储家塌在孝义县和中阳县的交界处，是个只有几户人家的小村子。游击队在上桥村打了土豪之后，路过这里休息时，与向我开来的敌军遭遇。敌人抢占了有利地形，居高临下向游击队猛烈射击。阎红彦命令部队分组抢占了西面和北面的山头，敌人只注意在西山与我激战，阎红彦乘机在北山组织了一个枪法好的突击队，由白锡林带领绕到敌人侧翼，射击敌马群。白锡林将敌指挥官射下马，一时敌军大乱。阎红彦见机令号兵吹起了冲锋号，占领西北面山头的队员们一齐冲下来，顿时枪声、杀声四起，这时天又下起了大雨，敌军溃散而退。

1931年8月间，国民党山西省政府主席商震倒台，徐永昌上台，形成军阀一致反共的局面。这时的晋西游击队已发展成为100余人的武装，威震晋西。徐永昌上台后不久，即派了1个师、1个山炮团和地方民团共1万余人，"围剿"晋西游击队。敌军推进到吕梁山边沿，在高山路口遍设哨卡，步步进逼，重重封锁，企图消灭这支队伍。此前，山西特委已指示晋西游击队做好反"围剿"的准备，在无法立足时，可西渡黄河转到陕北去开展游击战。

游击队在敌重兵"围剿"下，从离石、中阳等县绕到敌后，紧紧依靠当地群众，采取灵活机动的战术，昼伏夜出，时而集中，时而分散，时而奔袭，消灭了敌人小股武装。但敌我力量相差悬殊，敌人步步为营，加紧搜山，所到之处，重新点编保甲。游击队的活动范围越来越小，乃向隰县一带运动，最后被迫退到密林山区。8月下旬，游击队处境更加困难，只能在山上与敌兜圈子，与群众联系被隔断，与上级党组织也失掉了联系，队员们只能用野菜充饥。28日，游击队在一个高山顶上召开队委扩大会议，讨论游击队的行动问题。拓克宽、阎红彦、杨仲远、胡廷俊、白锡林、吴岱峰、马佩勋、李成兰、周维仁、童金芝等按照山西特委的事前指示，坚决主张西渡黄河去陕北。这时部队只剩下30余人，每人选了2支好枪，全队共带65支枪，其余的埋在山里，准备突围渡河。阎红彦等率领队伍在人迹罕至的深山里向西行进，终于把追敌甩到后边，来到了奔腾咆哮的黄河岸边石楼县辛关渡。

1931年9月2日夜晚，天空不见星月，河谷寒气袭人。队员们分批乘着羊皮筏，经过一夜搏斗，天亮时胜利渡过了黄河天险，踏上陕北黄土高原。

晋西游击队渡河以后，为尽快找到陕北特委，不顾疲劳向西疾进。即日早晨到了清涧县高杰村附近，找到了地下党员白周元，要他迅速向陕北特委送信。然后，翻过一座高山经石嘴驿，于4日到黄土高山岭上小村庄宿营。游击队到南沟岔附近时，与一支六七人的敌军在雾中遭遇，由于政委黄子文惊慌失措，没有缴敌人的枪，放走了敌人，队员们意见很大。待行至柳树滩休息时，大家要求召开民主会议，改选队领导。会上一致推选阎红彦为大队长，吴岱峰为副大队长，杨仲远任政委，并将队员编为4个班。这时队伍情绪复转高昂，继续西进。

不久，游击队翻过营盘山到达安定县西区枣树坪，找到地下党员谢德惠，得知谢子长到甘肃去了，通过谢德惠，我们找到中共安定县委书记马文瑞，马文瑞当即动员当地党团员马云泽、强龙光、强世清、侯奉孝等30余人和一些青年参加游击队，并将游击队到达陕北的情况报告了特委。特委书记赵伯平派张子平来传达指示，要游击队在安定、清涧、延川、延长、安塞、靖边等县开展游击战争。特委又派了一批党员和革命青年参加游击队，游击队由渡河时的30人陆续壮大到近百人，部队士气更加旺盛。从此，晋西游击队就在中共陕北特委的领导下，转战陕北。

9月下旬，游击队沿安条岭向靖边县开进，准备在三边（靖边、安边、定边）活动，配合由山西过来的、在榆林一带活动的红二十四军，如有可能，这两支由山西过来的部队可以会合。我们在开进中，受到300余人的敌正规军与民团的南北夹攻。阎红彦等沉着指挥部队先打弱敌民团，终于将敌击溃，扫清了北进路上的障碍。此次战斗中，拓克宽负伤牺牲。游击队来到三边蒙、汉两族交界地区后，沿长城外的草原地带行动，为便于在辽阔的草原地区与敌作战，遂决定在三边一带打土豪，没收地主豪绅的马匹，组建骑兵。当得知红二十四军在榆林以北蒙地两岔河失散后，游击队队委决定放弃原定计划，回师南下安定一带活动。

10月4日，游击队回到安定县寨儿山。傍晚时击溃了前来偷袭的敌第八十六师万宝山营，夜间接到"土客"杨琪等人来信，要求与游击队一起行动。队委会决定利用和改造这些"土客",乃和他们约法三章:(一)听从队委领导;(二)不抢穷人东西;(三)不调戏妇女。"土客"表示同意在晋西游击队队委统一领导下联合作战,游击队给"土客"派出了指导员,又从各中队中抽调人枪,组成一个执法队,佩"中国工农红军晋西游击队执法队"袖章,发现有违犯纪律的"土客",按红军纪律处理。6日,游击队东进安定北区南沟岔。这时从山西过来的师储杰等"土客"约100人,也表示愿意接受游击队的三项条件,游击队乃派一些党员去各队任指导员。经过对"土客"的改编,壮大和加强了游击队的力量。这时的晋西游击队已有近300人。

10月10日,游击队得到地方党组织送来情报:敌人由瓦窑堡开来一个骑兵加强排,进驻玉家湾,扬言要一举消灭游击队。阎红彦等研究决定先发制人。当天晚上,游击队急行军翻越关道峁山,次日拂晓时将玉家湾团团包围,阎红彦一声令下,我军枪声、号声响成一片,战士们勇敢地冲进玉家湾,敌人大部被当场击毙,有的还在熟睡中就做了俘虏。

玉家湾战斗,是我晋西游击队入陕北以来打的一个漂亮的歼灭战。战斗后,队委决定乘胜攻打瓦窑堡,后因敌军坚守堡寨,遂主动撤出战斗,继续南下展开游击战。沿途又在雁门关、岔口、野鸡岔、红柳沟等地,歼灭敌人各一部,缴获一批枪支弹药和战马。

1931年10月,晋西游击队南下到达甘肃省东北部合水县的南梁地区。游击队打听到刘志丹及其领导的游击队就在附近，队委会决定立即与刘志丹取得联系。此时刘志丹得知晋西游击队来到的消息，很高兴。当队员们见到刘志丹及其游击队的同志们时，大家都高兴得跳起来了，阎红彦还把最好的驳壳枪送给了刘志丹。晋西游击队与刘志丹领导的游击队会合后，经刘志丹和队委会共同研究，决定在未与陕西省委接上关系以前，部队在南梁一带休整，并相机开展游击斗争。

12月初，中共陕西省委派谢子长来南梁领导这一带的游击队。在谢子长的主持下，召开了领导人会议，决定对各游击队进行整顿，派吴岱峰、马佩勋等10余名党员到杨琪、师储杰的"土客"队伍中帮助改造其面貌和作风。这次整顿，加强了部队内部的团结。为了进一步开展游击战争，还决定从各队抽调12人，另行组建一个支队，由阎红彦任队长，到桥山北段、陕甘宁交界的曲子、环县、定边一带活动。一个月后，这个支队完成任务南下到新堡归队。

1932年1月间，部队到达甘肃省正宁县柴桥子，根据陕西省委的指示，部队打起了"西北反帝同盟军"的旗帜，由谢子长、刘志丹任正副总指挥，杨仲远任参谋长，马云泽任经济处主任。下辖第一、二支队，第一支队司令阎红彦，第二支队司令刘志丹兼任。另有警卫队，队长白锡林、指导员胡廷俊；骑兵队，队长强龙光，指导员惠则仁。同盟军号召西北所有武装部队联合起来，一致抗日救国，一时间声势浩大，西北的一些杂牌武装，也纷纷派代表与同盟军洽谈抗日事宜。

1932 年 2 月 12 日，根据中共陕西省委指示，在正宁县三甲塬细嘴子，正式宣布成立"中国工农红军陕甘游击队"，总指挥谢子长，政委李杰夫，参谋长杨仲远。下辖第一大队，大队长阎红彦；第二大队，大队长吴岱峰；警卫队，队长白锡林、政委胡廷俊；骑兵队，队长强龙光、政委张赫；还有补充队，队长陈双应，共有 400 余人。成立大会上，陕西省旬邑县地方党代表向总指挥谢子长授旗，省委代表荣子卿、总指挥谢子长等人都在大会上讲了话。当地群众吹着唢呐、抬着猪羊慰问子弟兵，军民融汇在欢乐的海洋中。

陕甘游击队成立后，开展了轰轰烈烈的游击战争。从此陕甘边游击战争的发展进入了一个新阶段。

忆陕南人民抗日第一军的组建

杜瑜华

我 14 岁时家庭破产，没有办法跑到冯玉祥部队当兵。蒋冯阎大战，冯玉祥失败，我跑到西安。当时杨虎城宪兵营招考学生，我去报名投考被录取了。红二十五军到陕北后，留下红七十四师在陕南地区继续开展游击战争、建立根据地。红军在陕西的活动，使杨虎城部队里对共产党、对红军的印象比较深，特别对青年军官的影响更大。我们都受到了党的影响，受到了红军的影响。

我和沈敏、杨江三人都在杨虎城部队里，沈敏虽然不是党员，但表现进步，相信共产党，各方面都很好，积极为党工作。国民党怀疑我们是共产党员准备逮捕我们，党组织告诉我们尽快离开部队，我和杨江隐蔽在西安的一个同学家里，沈敏到了北平。1936 年，沈敏从北平回西安后，金闽生营长即带我和杨江去向党组织负责人谢华同志汇报，提出我们几个人到陕南去找何继周（何振亚）做工作，把部队再拉出来。党组织经过研究同意我们去，谢华同志给我们交代了任务："你们去争取这支部队，把它拉出来，成为革命的部队。"在我们动身之前商量决定，因为沈敏同何继周关系比较好，想通过他们之间的私人关系先由沈敏去找何继周，然后我和杨江再去见何。

我们三人到陕南没有直接到何继周部队，而是到沈敏的家里住下，先派人到东镇，向何继周说了我们要来的意图，试探他的态度，何继周同意我们去。我们到达后，何继周热情地接待了我们，我们向他讲明来意，讲了党组织派我们来工作，争取这个部队成为革命的部队。何继周听了很高兴，一再表示欢迎我们。在何继周安排下，我们就住在部队里。经过了解，感觉这支部队不错，是可以拉出来的。于是，我们就决定派杨江同志回西安，向党组织汇报。

杨江走了以后，我和沈敏继续进行工作。当时有个好的条件，就是红七十四师在陕南的活动，给何的印象比较好，何想继续革命，这是我们开展工作的有利条件。

其间，国民党安康专员兼保安司令魏席儒估计不知道我们在那里活动，所以把何继周送到安康训练班学习的人送了回来，而且又派几个人来到何部做工作。受训的十几个人回来，我们就更加警惕了，怀疑他们是否被魏席儒收买？魏席儒派人来是否要打入内部？同时，国民党军队肖之楚部队逐渐向何部逼近，近的有一天路程，远的最多两天就到，我们感到情况严重。正在这时，魏席儒派了一个代表送来一封信，限定时间要何部到安康去进行整编。

情况比较危急，我和沈敏研究分析：何部到安康去不去？不去，魏席儒会调部队把何消灭掉，要是去了就会被改编，还是被吃掉了。杨江没有回来，党的指示没有，我们很着急。怎么办？我们研究决定不去安康，干脆把部队提前拉出来。我们把这个意见对何继周讲了，他同意。接着召开干部会，给干部一讲，大家也都同意，这样士兵群众的工作就好做了。

怎么拉出来呢？考虑到国民党部队包围着我们，魏席儒的代表跟着我们，受训回来的人可能从内部偷袭，讨论研究后决定假装到安康去接受整编，在开往安康的途中把部队拉出来。何继周对魏席儒的代表说："你告诉魏专员，再等两天，我们就出发到安康去。"这个代表很高兴，即报告魏席儒，魏席儒也很高兴。我们派出侦察员，侦察肖之楚部队的情况看有什么动静。沈敏和我同何继周、徐海山一起商量制订了行动计划，准备对部队进行教育，公开说我们要到安康去，在部队中做拉出来的准备；在行军途中，把魏席儒的代表杀掉，打下五里铺制造声势，以实际行动宣布，我们不是安康的保安队，我们要革命，是革命的部队。

这一天吃过早饭，部队从东镇出发往五里铺开。走了一天，晚上住在一个村子里，准备晚上杀魏席儒的代表，因为离安康近了就不好杀了。刚住下，杨江同志从西安赶回来了，我们立即把情况向他做了汇报。他说："向党组织汇报后，组织上很满意，说这支部队可以拉出来。"党组织指示：部队拉出来后，根据目前情况要执行党的抗日民族统一战线政策，叫"陕南人民抗日第一军"，由何振亚任军长，杨江任政委，杜瑜华任参谋长，徐海山任政治部主任。晚上，我同沈敏和杨江研究，虽然部队拉出来了，还要继续做好何继周的工作，所以我们决定杨江不担任政委职务，把政委改为军委，部队归军委领导，沈敏担任军委主席，由沈敏同何继周一起来领导这支部队，杨江负责部队党的工作和政治思想工作。我们这样改动，是为了便于做何继周的工作，以稳定这支部队。

党组织还指示我们，要成立"陕南抗日救国联合会"，负责抗日救国会的工作，用统一战线的组织名称宣传抗日，发展抗日救国组织。第二天部队继续出发，晚上打五里铺。打五里铺时我跟随第七支队在北面公路上掩护，打完后部队掉转方向向西北前进，走了两天，召开了成立大会。头天晚上，我把我起草的《陕南人民抗日第一军宣言》和《告民众书》刻出来，沈敏同志用油印机连夜印了出来。成立大会上正式宣布成立"陕南人民抗日第一军"，通过了《宣言》，宣读了《告民众书》。大会开完后，部队就又出发了。

第三天早上，敌人跟上来了，部队立即转移，这时天下大雨，我们就住在云雾山上的庙里。从云雾山出来向东走了两天，晚上刚住下敌人又来袭击，双方相持打了半天，我们就转移了。部队拉出来后，我们跟红七十四师联系上了，对活动范围大体划分了一下，他们主要在镇安、柞水、商县、洛南一带活动，我们主要在宁陕、汉阴、石泉、佛坪这些地区活动。双方经常联系，他们经常给我们一些帮助。我们最大的困难是缺枪弹、缺药品、缺干部，决定派杨江同志第二次回西安，向党组织汇报我们拉出来的这一段时期情况，把红七十四师给的邮票换成钱买些枪支弹药和药品，同时要一些干部来我们部队工作。当时约定，一个月后我们到宁陕的江口去接杨江。

按照我们和红七十四师划分的活动区域，我们就向西边活动，到了佛坪厚畛子，在迷峰岭跟国民党部队打上了。那天我们上了当，东边高地是个山头，我们的一支小队在那山头上，敌人没从正面打，而是把东边的山头控制了，把我们压到半山腰里。部队往后撤，因地形不熟，到了一个十几丈高的山崖上根本无路可走，敌人从正面压过来了，不从山崖上往下撤再没出路了，大家只得从崖上往下跳，结果10多人受伤。部队从崖上跳下来，走到一个地方刚休息，敌人又来了，我们连走一晚上，从山沟里出来到了一个山上时天已明了，这才把敌人抛开。

一个月后，我们活动到宁陕的江口、沙沟一带去接杨江，在沙沟碰到红七十四师改编的抗捐军的人在那里，一个姓王的给我们讲，前几天碰到由西安出来的两个国民党，带了几个挑子，他们把东西分了，人也杀了。我们经过详细打问，被他们杀掉的是杨江和商映云。这是一个很大的损失，人杀了，东西没有了，西安党组织有什么指示也弄不清了。所以就决定派我回西安去，汇报杨江、商映云被害的情况，同时还是要干部，没有干部不行。

西安事变后，周恩来副主席等中共领导同志到了西安，谢华领我去看罗瑞卿，罗询问了我们抗日第一军和红七十四师的情况，并要我负责带路，领着几位同志带一部电台送给红七十四师。后根据中央指示红七十四师改为抗日联军第二军，陕南人民抗日第一军改为抗日联军第一军，两支部队组成抗日南路军。西安事变和平解决后，我们部队归红十五军团指挥。

我和沈敏出发去找红十五军团，赶到咸阳时红十五军团早过去了，我们部队停在咸阳桥上过不去。于是我骑了一匹马，到咸阳西北找到红十五军团副参谋长兰国清，他告诉我部队应该驻在哪里，并派电话班架电话同我们联系。我返回部队，同何继周、沈启贤、沈敏、张英勃把情况一讲，大家很高兴，立即过桥，而国民党守桥部队还是不让我们过。我去交涉说：我们是十五军团的后尾部队，必须让我们过。他们这才叫我们过了桥，继续前进到了叱干镇，红十五军团派部队在那里等我们。我到军团部向程子华、徐海东首长汇报了部队的情况，然后随红十五军团一起前进，到了庆阳住在西峰镇西边王菜园。在庆阳，我又到军团部向徐海东、程子华汇报工作，反映部队缺干部，需要加强党的领导和政治思想工作。军团首长派李雪三带几十名干部来部队，建立了党的各级组织，进行政治思想教育、党的教育。我们部队不久改为红十五军团警卫团，红军改为八路军后，我们又开往山西抗日前线。

陕南抗日第一军[*]

沈启贤

　　1931年3月，我和其他20多人由安康"绥靖军"保送去杨虎城在凤翔办的随营军官训练班学习。毕业后，回到安康，我同何振亚被分配到"绥靖军"一团，团长沈玺亭带部队移驻平利县，我们是年底到平利县的。

　　当时，我是教育班司务长，何振亚是班长，我同何振亚商议约徐海山、苟树林、赵宏勋、沈继坤、孟子明、王万鑫、孙善堂，还有汉中的两个人，共11人，秘密组织了"陕南抗日救国赤卫团"，我被推举为主席，何振亚被推举为总指挥，拟了以"抗日救国"为宗旨的八条宣言，在关帝庙盟誓、喝血酒，永不背叛。我们毕业后，分配在本团各连担任班长或排长。我们回到部队，便开始在士兵中做宣传工作，讲革命道理，讲红军的好处，团结了一批人。

---

[*] 本文原标题为《回忆陕南抗日第一军》，收录时做了适当修改。

1935年杨虎城的警一、二、三旅接二连三遭到红二十五军的沉重打击，官兵士气低落，普遍厌战。红二十五军离开陕南后，警二旅四团驻在西安南面的引驾回、蓝田。这年冬天在行军途中，四连一排20多人在班长张子新、士兵王展带领下于秦岭南麓首先起义。这天晚上我去查哨，看到他们都穿上草鞋不睡觉，像要走的样子，我说你们急着干什么？他们好像有什么心事，想说又不好开口。我坐了一会儿就走，张子新等人送我出来走了一段路，说了声"再见"。我回到连部听到枪声，知道他们走了。

苟树林被捕，何振亚很吃惊也很着急。晚上，何振亚同张孝德、洪九畴、刘宝山等来找我商量怎么办，我同意何振亚先起义。何振亚率领九连在引驾回举行了起义，进入陕南后，曾给我来过一封信，他按约定的暗号告诉我，他处境困难，我立即写信告诉当时在北平的沈敏。

后来警二旅四团从蓝田调到龙驹寨一带驻防。1936年八九月，团里给了我所在的四连一个任务，叫我们进驻商县夜村镇保护交通。镇子西头驻有保安大队的300多人，是土匪改编的，我们驻在镇子东头。这时李传民等几个班长提出要组织起义，认为迟了我们就完了。沈玺亭似乎已觉察到情况，他到西安东北军和西北军联合举办的王曲训练班受训，路过夜村镇的时候，给了我1支新驳壳枪、100多元钱，还许愿要我当炮兵连长，接着提出个任务："你能不能去向何继周说，叫他搞到二三百人，回来我叫他当营长，也不追究他。"我将计就计，对他说："好嘛，让我去试一试。"我看他主要是想稳定我。我把钱分给了士兵，士兵们就买手电筒，分头准备行动。连长在头一天晚上对我讲："我们这个连现在很不稳定，有些人想跑，据说还要搞什么动作，要提高警惕，不要出什么问题。"当天是我值班，晚上点名时我讲："今晚连里要紧急集合，请大家注意，不要打开背包睡。"晚上我派人去把连长捆了起来，我们拿着手电筒走到了山顶，保安队发现山上一路手电光，就紧紧追了上来。保安队咬住不放，我们边打边退，到下午日落前只剩下几个人了。我们走到山下，才发现李传民他们20多人从对面坡上过来，会合在一起有30多人。我们继续翻了几座山，晚上睡在山顶上，虽然很冷，但大家团结得很好。敌人越来越多，有1000多人，把我们围在山上，又渴又饿，只好吃青苞谷秆子。最后我们决定冲出去，民团经不起冲，一下就冲散了，我们冲出来后民团还是跟着不放，警二旅六团1个营在前面堵截，只剩下我们七八个人在山下找了个老百姓家里隐藏起来。后来我们顺着标语走，找到了何振亚。

我们这些人和何振亚的队伍会合后，在陕南一带开展活动。有一次在东镇我们把衣服都洗了，正在吃中午饭，突然枪响起来，敌人企图包围我们，但敌军自己配合不好，我们从后山顺利突围了。突围后的第三天，在枧沟附近一个山沟里与五六十人的保安队遭遇，我们一下子就把这股保安队全部消灭了。一次比较大的战斗是在迷峰岭，附近山沟里有国民党 1 个营,离我们有二三十里路,我挑选了 30 余人组成突击队,趁着夜黑无光夜袭敌人,敌人溃逃到四面山上。第二天我们行军到迷峰岭山腰上休息时,突然发现敌人,有一两千人,一股一股地围攻上来,我们同敌人激战了一个多小时,最后撤出战斗。这次战斗敌众我寡,又是遭遇战,我们伤亡了一二十人。我们突围都是从崖上跳下来的,到宁陕四亩地又被敌人包围了,当晚 12 点左右我们突围,从山上一个接一个冲出来,到了离关口有 100 多里的古山墩。突围前,我把我的大衣给一个受重伤的战士穿,后来国民党搜山,抓到这个伤员给杀害了,敌人便在两河口开大会,说穿大衣的就是"参谋长沈启贤"。一时传说我同几个伤员都被敌人杀害了,消息传到我家里,父亲真以为我死了,来收尸,把几个坑挖开一看不是我,他才放了心。

陕南抗日第一军纪律很好,不侵犯群众利益,所有缴获归公,我们到红十五军团后把原来的缴获都上交了。为了扩大政治影响和游击范围,我们写的标语、传单基本上都是红七十四师的口径。后来我们这支部队与红十五军团会合,改编为红十五军团警卫团,红军改编为八路军时,我团改编为一一五师三四四旅警卫营,走上了抗日的前线。

打通"陕北"与"神府"[*]

宋任穷

　　1935年底，中央决定由陕北红军组成红二十八军，任命刘志丹为军长，我为政治委员，参谋长是唐延杰，政治部主任是伍晋南。下辖3个团，共1200多人，绥德、吴堡战斗团编为一团，团长黄光明，政治委员王再兴；米（脂）西游击师编为二团，团长于占彪，政治委员柴成俊；清涧四团编为三团，团长杨琪，政治委员陈坊仁。

　　红二十八军成立不久，中央临时组建北路军，任命刘志丹为总指挥，我为政治委员。北路军除红二十八军外，还有由二十六军改编的七十八师和陕北骑兵团。任务是向吴家坡、响水、横山一带挺进，配合红军主力打退国民党反动军队对陕北苏区的"围剿"，牵制北线敌人，相机消灭敌人有生力量，扩大红军影响。完成任务后，部队归还原建制，准

<hr>

　　[*] 本文原标题为《红二十八军的东征西战（红二十八军诞生、北上）》，收录时做了适当修改。

备接受新的任务。

1936 年 2 月中旬，我红军主力改编成中国人民红军抗日先锋军，准备东出山西、河北、察哈尔一带抗日前线，抵御日本帝国主义的侵略。改编后的中国人民红军抗日先锋军，下辖一军团、十五军团和二十八军、三十军。2 月 20 日，在毛泽东、彭德怀同志指挥下，一军团、十五军团分别强渡黄河。阎锡山急令到陕西"围剿"红军的 4 个旅东渡回援，不久，我二十八军奉中央命令，由吴堡北上向神木、府谷进发，打通陕北苏区和神木、府谷苏区，使之连成一片，巩固和扩大神府苏区，并迅速发展苏区党的组织，壮大地方武装力量，巩固抗日后方，以牵制绥德、榆林地区的国民党军第八十四师，策应主力红军东征。

国民党驻陕北的高桂滋和姜梅生等部，得到我二十八军北上神府苏区的消息后，急忙调集大批兵力，前堵后截，妄图阻止我军去路。我军屡挫敌军，迅速向北推进。在短短一个多月内，先后在清涧、绥德、吴堡、米脂、阎家峁、杨家墕、葭县、高家堡等 10 多个重要城镇打击了敌人，胜利进入神府苏区。我党机关报《红色中华》多次报道了二十八军胜利进军的消息。其中 3 月 23 日，以《陕北苏区与神府苏区已取得联系，红二十八军与神府红军会合了》为题，发表了这样一则报道："我军最近在吴堡、绥德一带积极向北发展，17 日在米脂以东某地击溃高桂滋部 5 个连及团丁 50 余人，缴获步枪几支，敌人大部击散，一部退守土寨。20

日我军遂与神府红军会合于葭县以北之某地方，又继续向东北发展，在西七区将高双成部杨向之营2个连全部消灭，计缴获步枪80余支，短枪6支，机枪2挺，……俘获敌营长1名，排长2名，士兵90余名，现我军正向太和寨方向乘胜追击中。"

这里所说的20日的战斗，是指杨家堰战斗。这一仗打得很漂亮，充分显示出刘志丹的军事才能和指挥艺术。这天拂晓，部队在贺家崄吃过早饭后，出发向东南行进。当我们到路家沟时，当地群众报告，有驻太和寨的敌军八十六师杨向之营，正在我前方10里远的杨家堰抢劫粮食，奸淫妇女，危害百姓。我们立即命令部队停止前进，刘志丹向群众仔细了解了敌人的兵力和装备，摸清杨家堰的民情和地形后，当机立断，决定集中兵力消灭这股敌军。他做了周密部署：一团由北向南，正面主攻；二团绕道杨家堰西侧山下，切断敌人退路，阻击西面来的增援之敌；三团在杨家堰南山沟内埋伏，歼灭溃败之敌。各团都按预定时间进入阵地，刘志丹一声令下，冲锋号四起，一团首先发起冲锋，敌人毫无准备，顿时乱成一团；二团也在西山开火合击。敌人朝南山沟底溃逃，我三团突然出现在敌人面前，敌走投无路，纷纷举手投降。这场战斗只用了一个多小时，全歼敌人1个营。这次战斗得到了地方同志的很大支持，神府特委的同志亲自给我们做向导，神府老三团也赶来参战，协助我们追歼逃敌。这一仗我们打出了威风，附近敌人闻风丧胆，听说刘志丹领导的二十八军来了，没等我们打就连夜逃走了。

一个月来，陕北红军前仆后继，不怕牺牲，不少同志献出了宝贵的生命。在绥德的一次战斗中，我们打垮了敌人1个团，北上首战告捷。在这次战斗中，三团团长杨琪同志身先士卒，不幸头部中弹，壮烈献身。还有些战斗也打得很激烈，如在粉碎阎家峁、姜梅生骑兵旅和几个步兵连的战斗中，我一团二连九班就接连换了8个班长，前7个班长都伤亡了。实践表明，陕北红军是一支政治素质良好，战斗作风过硬，很有战斗力的部队。

1936年3月下旬，部队进入神木、府谷后，神府特委和特区政府召开盛大的欢迎祝捷大会。当地群众兴高采烈，纷纷送来猪羊、红枣、米酒、鞋袜和果品，慰劳指战员。有不少老乡从远道赶来，要亲眼看一看刘志丹，当地群众不称呼志丹军长，都亲切地叫他"老刘"。有位双目失明的老大娘，十分激动地从人群中挤到刘志丹面前，拉着他，从头上摸到脚下，又从脚下摸到头上。陕北人民就是这样爱戴自己的领袖。

我们按照中央军委命令，经过一个多月的战斗，打通了陕北苏区与神府苏区的联系，为红军主力东征建立了巩固的后方。

1936年2月，毛泽东同志率领东征大军渡过黄河以后，由晋西兵分三路向东推进，右路军插进晋西南汾河流域，左路军打到了晋西北，中路军在晋西牵制敌人。正当红军突破敌人一道道防线，逼近同蒲铁路时，阎锡山急忙调兵堵截，阻止我军开往抗日前线。3月下旬，中央电令我二十八军从葭县以北东渡黄河，破坏晋军在黑峪口和罗峪口之间的沿河防线，插入晋西北地区，配合十五军团迅速打通奔赴抗日前线的道路。

根据中央部署，我们很快打下了黄河西岸的沙峁头，在贺家川一带积极进行渡河的准备工作。神府特委和苏区政府把支援二十八军东渡作为首要任务，特委派杨和亭、王兆相、王道三等几位有经验的同志负责造船以及筹粮、供应等工作。刘志丹同志下令在一周内赶造5条渡船，群众听说是给红军造船，积极性很高，表示不管有多大困难都要如期完成，木材不够用，有的把自己家的门板卸下拿来，有的还献出准备做棺材的木料。时间紧迫，船工们昼夜倒班干，终于在一周内造好了5条渡船。神府地区，老百姓自己吃粮都有困难，当他们听说红军要打日本鬼子和阎锡山，有一斗的拿出半斗，有一升的拿出半升，争着捐粮，很快把粮食备齐。

与此同时，志丹同志和我一道详细调查了附近渡口的守敌和河两岸的地形、地物等情况。志丹同志等还登上山坡，仔细观察对岸敌军的工事设施和驻防情况。守军是晋军二一六旅丁炳青部的1个营，沿岸有碉堡封锁河面，附近渡船全被晋军抢走。经反复研究分析，最后我们把渡口选在沙峁头附近天台山下的一个村庄。这里两岸陡峭，河面较窄，水流湍急，敌人防守不严，再加上这个地方是窟野河与黄河的交汇处，不易被敌人发觉。

3月31日晚，我们开始渡黄河。出发前，刘志丹接见全体船工，向他们敬了酒，感谢他们对部队的支援，鼓励他们要不畏艰险，帮助红军快速渡过河去。

王兆相率领神府地区的游击第三支队随二十八军一同行动。红三团在沙峁头山顶上佯攻，牵制、迷惑对岸敌人。担负突击任务的一团一连和二连的1个排，首批登上木船，船工迅速朝河东岸划去，敌人未料到我军在此处渡河，因此戒备松懈。

当我军出其不意接近对岸时，敌人才发现，急忙以火力阻击。我军战士冒着敌人的炮火冲上岸，拔掉了岸边两个中心碉堡，很快占领了李家梁，接着一、二、三团相继在拂晓前渡过黄河。又经一场激战，消灭敌全部守军1个营，敌营长被我击毙，占领了罗峪口。

罗峪口是一个有几百户人家的镇子，地处晋陕交通要冲，商业比较发达，市面比较繁荣。我们首先在这里成立了苏维埃政府，任命王道三为政府主席。王道三那时还年轻，对筹集粮款支援红军打仗很积极，是个好同志，但是对党的某些政策还理解不够。他上任不久，发生了一起新政权没收商店货物的事，引起了工商业者的恐慌。刘志丹对执行党的政策是非常认真的，不容许有偏差。他知道此事后很恼火，对王道三进行了严厉批评，指出这样做对实现我党统一战线政策，团结更多的人抗日很不利。王道三很快认识了错误，

167

并亲自登门，向商店主人道歉，归还被没收的货物，纠正了错误，在群众中挽回了影响。原来阎锡山造谣说："共产党杀人如割草，穷人要知道，富人要家晓，共产党来了穷富都难逃。"罗峪口的群众亲眼看到我们纪律严明，对红军的恐惧心理一扫而光，青年纷纷参加红军。

定仙墕战斗[*]

黄罗斌

定仙墕战斗发生在 1935 年 8 月，是西北红军首次取得一举消灭敌人 1 个整团及旅部的光辉战例。我当时在红二十六军四十二师第三团任政治委员，直接参加了这次作战。

1934 年春至 1935 年夏，陕甘边和陕北红军接连打破了敌人以陕北为重点的第一、二次"围剿"。经过两次反"围剿"作战的胜利，陕甘边苏区和陕北苏区连成一片，成为陕甘苏区，其范围已扩展到近 30 个县境，并在这些县的范围内建立了革命政权。陕甘边和陕北红军主力部队已发展到 5000 余人，重建红二十六军，并新成立了红二十七军。各地游击队发展到 4000 余人，成为西北革命军事委员会统一领导下的西北红军和游击队。两个地区的党组织也建立了统一的领导机构，即中国共产党西北工作委员会。党政军领导

---

* 本文原标题为《忆定仙墕战斗》，收录时做了适当修改。

69

的统一，使根据地得到空前的发展和巩固，在西北地区出现了一派大好革命形势。

1935 年夏，中央红军和红四方面军已在四川西北部会师，并决定继续北上。鄂豫陕革命根据地的红二十五军为策应中央红军北上，也开始西征北上。西北地区革命斗争将出现一个崭新局面。面对这种形势，蒋介石大为震惊，急忙在西安设立了"西北剿匪总司令部"，自兼总司令，以张学良为副总司令，并代行总司令职权。蒋介石除了纠集陕、甘、宁、青、晋五省军阀部队外，还增调了东北军进入陕甘，发动了对陕甘苏区的第三次大规模"围剿"，企图在中央红军到达陕甘之前消灭西北红军，彻底摧毁陕甘苏区。

敌人这次"围剿"仍以陕北为重点，以南线为主要进攻方向，实行南进北堵，东西夹击。以张学良东北军为主力，共动用兵力 10 多万人。其具体布置是：东面沿黄河一线，为晋绥军正太路护路军孙楚部 3 个旅及第七十一师之二〇六旅、七十二师之二〇八旅；北面的清涧、绥德、米脂、横山、神木、府谷等地为高桂滋第八十四师和高双成第八十六师；西南面的环县、庆阳、合水、长武、彬县一线为敌第三十五师之冶成章部和东北军第一〇六师、一〇八师、一〇九师、一一一师及何柱国部骑兵军第三师、六师和骑十团；西北面的宁陕交界地区为敌马鸿逵第十五路军 3 个骑兵团；南面的鄜县（今富县）、甘泉为东北军王以哲第六十七军一〇七师、一一〇师、一二九师。

7 月下旬，敌第八十四师、八十六师在我根据地北线开始行动；在南线担任"围剿"主力的王以哲第六十七军也在洛川以南地区集结，并派先遣人员从洛川向延安侦察地形和我军情况，积极准备北犯；东线晋军的 5 个旅也于榆次集中，先头部队第二〇六旅早于 4 月就西渡黄河，进至吴堡、宋家川、义合、枣林坪一带；西线敌第三十五师一〇五旅进驻环县；西北之敌第十五路军之骑兵一团、二团、四团陈兵于同心、盐池一线。

针对敌人的"围剿"部署，刘志丹召开团以上干部会议，分析敌情，研究对敌作战方针和计划。会议确定了集中红军主力，乘敌之隙，各个击破，在敌人部署完成之前，先打深入我根据地的晋军部队，后打南线东北军的方针。为配合红军主力作战，刘志丹还指示各地游击队、赤卫军以及独立营、团积极开展游击战争，袭扰牵制敌人。同时命令红二十六军四十二师第一团和骑兵团，继续在陕甘边坚持斗争，牵制并迟滞南线敌人的行动。会后，刘志丹率红军主力到清涧县的袁家沟、花岩寺一带集结，进行反"围剿"准备。同时，以游击队和赤卫军在"前总"的统一部署下，先将定仙墕据点敌人包围起来，吸引敌人来援，为主力伺机行动创造条件。

1935 年 8 月 1 日，刘志丹率红军主力秘密北上。10 日在吴堡以北一举歼灭慕家塬守敌和援敌 4 个连，共计歼敌 600 多人，首战告捷。接着挥师南下，至绥德城东新庄地域，部署打击定仙墕之敌。

定仙墕是敌人从绥德至河底交通线上的一个重要护路据点，其东北面有两道山梁，在两道山梁之间有一道山沟，当地群众称为"金不烂沟"。定仙墕东向偏北 15 公里便是枣林坪。定仙墕守敌晋军二〇六旅四一二团的 1 个营，在我游击队和赤卫军的围困下频频告急，敌正太路护路军第三旅遂从军渡过黄河入陕，旅长马延寿亲自率其第六团沿黄河西岸南下增援。

刘志丹早已给敌人布下天罗地网，具体部署是：红二十六军四十二师第二团在白条梁、中嘴圪塔附近加强对定仙墕的围困，进一步施加压力，调动马延寿来援。红军主力则分别展开在定仙墕东北两道小山梁上，并构筑工事；义勇军和红四十二师第三团占领北面的山梁；红二十七军第八十四师第一团、二团配置在靠近定仙墕的山梁上。同时派陕北游击队绥德第五支队向枣林坪方向侦察警戒，敌来援时即节节抗击，诱敌深入。

8 月 18 日上午，敌旅长马延寿率第六团从枣林坪出发，沿着大道向定仙墕前进。当敌进至四堰圪塔山腰时，正好进入我军伏击圈。红二十六军第二团首先迎头截击敌人，堵住敌前进之路。与此同时，"前总"发出总攻击信号，各路伏击部队一齐出动。在这突如其来的攻击下，敌人惊慌失措，乱了阵脚。马延寿慌忙集中迫击炮、轻重机枪拼命向红二十六军二团阵地轰击，企图打开一个缺口，与定仙墕守敌会合，逃避被歼命运。这时，红二十七军第一团、二团一面与敌展开激烈战斗，一面派出突击队深入敌阵穿插分割，打乱其建制；红二十六军主力第三团和义勇军向敌人发起猛烈侧击；红二十六军二团也乘机向敌发起攻击。敌人在我军三面攻击下，全线溃败，像一群羊似的被我军驱至金不烂沟 5 公里长的窄川里。经过 10 多小时的激战，将援敌全歼，接着又将定仙墕敌人全部歼灭。

这一仗共毙伤敌副团长齐汝英以下 200 余人，俘敌 1800 余人；缴获八二迫击炮 6 门，重机枪 12 挺，轻机枪 50 余挺，长短枪 1000 余支，骡马 80 余匹以及大批军用物资。战斗中阎锡山派出的 1 架支援地面作战的飞机，也在定仙墕上空被我军击伤，坠落在绥德县薛家峁附近，两名飞行员被生俘。这是西北红军第一次击落敌人飞机，苏区军民情绪振奋，奔走相告。

定仙墕战斗，是西北红军在刘志丹统一指挥下运用围点打援战术，一次歼敌 1 个整团和旅直属部队的成功战例，从战斗打响到攻下定仙墕据点，仅 10 余小时，干脆利索，是西北红军取得的前所未有的一次大胜利。这一胜利扩大了党和红军的影响，大长了西北红军的军威，大挫了晋军的锐气。从此，晋军除留下部分部队龟缩在宋家川、石堆山等据点外，其余全部撤回了黄河东岸，消除了我军侧翼威胁，完全达成了红军主力出击东线的目的，同时为下一步在南线打击东北军创造了有利条件。

刘志丹牺牲在三交镇[*]

宋任穷

  1936 年 4 月，红二十八军顺利完成了破坏黄河东岸罗峪口和黑峪口之间敌防线的任务，当部队进入临县白文镇时，接到中央军委急电：为了配合主力红军进逼汾阳威胁太原，打通前方与陕北之联系，保证红军背靠老苏区，令我二十八军即向离石以南黄河沿岸地区进击，并相机攻占中阳县三交镇，牵制和调动敌人。我们即率部队从白文镇出发，向南接连打败临县、方山、离石、柳林和中阳来犯小股之敌，4 月 13 日到达三交镇附近的留誉镇。

  三交镇是坐落在山西中阳县西部靠黄河的一个重要渡口，河西是我陕北苏区的绥德县境。该镇南北两面环山，西面临水，地势险要，易守难攻。当时镇内有重兵把守，沿河有坚固的工事。刘志丹对大家说："越向南走，离中央总部

---

  * 本文节选自《红二十八军的东征西战》，收录时做了适当修改。

越近，一定要打好三交镇这一仗，打通山西前线和陕甘苏区的联系。"为了打好这一仗，他亲自勘察地形，仔细研究敌情和作战方案。接到中央电报的当天，我们即召开团以上干部会议，进行传达，并对打三交镇做了如下的部署：一团攻打南山，二团攻打北山，三团为预备队，担任警戒和阻击前来增援的敌人。

4月14日拂晓，围攻三交镇的战斗打响了。我军指挥部设在南山顶上的党家山，距我一团阵地不远。一团很快从东南面攻上山，进展顺利，接连拿下敌人的许多碉堡。南山守敌见势不妙，全部撤到北山固守。志丹同志便命令一团向北山移动，与二团夹击北山之敌。时至中午，攻击不大顺利。这时我们才发现，原来的情报不准确，以为敌人只有1个营，实际上是1个团部，2个营，还加1个炮兵连。志丹同志和我商量，让我留在军指挥部掌握全面情况，他亲自到一团阵地去看看。我让负责保卫工作的特派员裴周玉和参谋等随志丹同志一起去。

志丹同志到前沿阵地指挥部队作战，在观察敌情时，不幸左胸中弹，伤势很重，他断断续续地对裴周玉说："告诉政治委员，请他带着部队消灭敌人，坚决把三交镇攻下来！"裴周玉等几位同志将刘志丹同志抬到军指挥部所在地的阵地上，我跪下身来摸他的心脏和脉搏，察看伤口。这时志丹同志因大动脉出血已昏迷不能说话，不多时即溘然长逝。中国共产党的优秀党员、陕北红军创始人之一、陕北人民的领袖刘志丹同志，为了中国人民的解放事业，英勇牺牲了，年仅

33 岁。裴周玉向我讲述了志丹同志中弹的经过。我们非常悲痛，肃立在亲密战友的遗体旁，脱下军帽致哀。我对在场的同志们说："刘军长为中国人民的解放事业献出了自己的生命，流尽了最后一滴血，我们要化悲痛为力量，继承他的遗志，完成他未完成的革命事业，更多地消灭敌人，为刘军长报仇。"我们把志丹同志的遗体抬上担架，把军大衣轻轻盖在他身上，一步一步地送下山坡。我把志丹同志牺牲的消息立即电告中央，并赶紧筹划船只，制作了一具棺材装殓志丹同志的遗体，在场的数十人扶棺流泪，与志丹同志告别。然后，派人护送志丹同志的棺材渡过黄河，运往党中央所在地瓦窑堡。同时，也将伤病员和多余的武器运过河去，以利部队轻装。

志丹同志离开了我们，红二十八军仍然像志丹同志活着时一样，坚守阵地，继续战斗。黄昏时分，我们又以 2 个连的兵力向敌人阵地发起猛攻，怒火在战士们胸中燃烧，复仇的子弹和手榴弹射向敌人阵地，狠狠打击了敌人，三交镇大部被我攻占，但是未能拔掉敌人设在制高点上的主碉堡。在战斗中，敌人伤亡很大，我方伤亡也不小。入夜，我们通宵未眠，认真分析了战局，估计太原守敌必来增援，为了避免更大损失，按时完成中央交给的任务，决定由一个班留守阵地，拖住敌人，大部队南撤。为避免同前来增援之敌遭遇，我们不走大路，走山梁小道。谁知，增援的敌人不敢走大路，也走山梁小道，于是，我军同敌军在山梁上打了一场遭遇战。我们对地形不熟，一边走，一边打，打得很艰苦。我带着一部分队伍在后面掩护。后来，才把敌人甩掉，我们丢了1个连，50余人。

部队到了康城，我便到总部向毛主席汇报了志丹同志牺牲的经过，以及二十八军渡河后的战斗情况，毛主席又让我向彭德怀同志做了汇报。二十八军经过多次战斗，人员不断伤亡，三交镇战斗后，全军只剩700多人。部队虽然减员将近一半，加上三交镇没有打下，志丹同志壮烈牺牲，指战员非常悲痛，但是部队的士气仍然很旺盛。志丹同志在指战员中的威望很高，但他从来不树立个人的威信，而是经常教育部队处处以党的事业为重，听从党的指挥。志丹同志为人正派，一身正气，对部队也深有影响，志丹同志带出了这样一支好部队。因此，志丹同志牺牲后，我们指挥部队没有遇到任何困难。红二十八军的同志们，就像听从志丹同志的指挥一样，听从我们的指挥。我由衷地敬佩志丹同志，对红二十八军广大指战员怀有深厚的感情。

由于刘志丹同志牺牲和部队减员较多，总政治部专门派人到红二十八军做了考察，认为部队情绪稳定，士气旺盛，素质确实不错。于是，决定保留红二十八军建制，补充一部分兵员，任命我为军长，蔡树藩同志为政治委员。

西征杀敌建功[*]

宋任穷

　　红军东征的胜利，震惊了国民党反动派。蒋介石先后调遣了 10 个师共 30 多万军队进入山西，协同晋军堵截红军东征抗日，又下令东北军、西北军等部进攻陕北革命根据地。党中央认为，国难当头，双方决战，称快的是日本帝国主义。因此，命令红军于 5 月初全部西渡黄河，回师陕北，并于 1936 年 5 月 5 日发出《停战议和一致抗日》的通电。我红二十八军随红军主力于 1936 年 5 月初回到陕北，胜利地完成了东征使命。

　　蒋介石拒绝我党提出的停战议和、一致抗日的主张，继续调兵遣将，"围剿"陕北苏区。党中央和中央军委为了打破敌人的"围剿"，巩固和发展西北抗日根据地，扩大红军，发展统一战线，决定只留周恩来同志指挥部分红军和游

---

　　* 本文节选自《红二十八军的东征西战》，收录时做了适当修改。

击队坚持东线游击战争，牵制进攻陕北敌军，我主力红军挥戈西征。

西征的红军组成西方野战军，兵分两路从延川地区出发，向陕、甘、宁三省边界地区挺进，红一军团为左路，红十五军团为右路，西方野战军总部和右路军一起行动。此时，红二十八军由宋时轮同志任军长，我任政治委员。

右路军经贾家坪、安塞、保安一线，西出甘宁，挺进三边（即安边、定边、靖边）。部队从新城堡集结地出发后，取靖边和宁条梁，守敌不堪一击，望风而逃。接着又夜袭定边城，经过一夜激战，攻下定边。

1936年6月10日，西方野战军命令红二十八军、红八十一师和骑兵团组成中路军（亦称北路军）。根据总部命令，我红二十八军除接替红七十八师防守定边外，又抽出2个团配合七十八师继续前进，攻打盐池。

盐池位于宁夏东北部，地处宁夏、陕西、内蒙古三省区交界处，地理位置重要。古城虽小，但城池坚固，城内原有1个保安团，马鸿逵又增派1个骑兵营加强防守。我们在6月20日包围了盐池县城。我红七十八师和红二十八军各2个团分别驻于城东和城南，骑兵团驻于城西。白天，我们围而不攻，一面抓紧时间休息，一面做群众工作，宣传我党我军的政策，勘察地形，了解敌情，研究攻城方案。天黑以后，各团进入阵地。攻城号令吹响后，我军从东、南、北三面发起猛攻。敌人依仗居高临下的有利地形，拼命抵抗。战士们几次登上云梯，都被敌人的火力压下来。我红七十八师二三二团首先从北城墙打开缺口，红军战士争先跃上城墙，与守敌展开肉搏战。敌营长被击毙，敌军失去联系，乱作一团。东门和南门也相继被我军攻破。县长见势不妙，带着几个亲信从西门仓皇逃走。21日凌晨，全歼守敌，盐池城解放。

6月30日，我军奉命围攻安边城。攻城前，在东门外长城上构筑不少堡垒，除监视城内敌人动向，防止他们突围外，同时也防备敌人增援，打击来犯之敌。安边城墙又高又厚，我们没有大炮，如靠正面强攻，必然损失太大。我们决定先挖地道，用炸药炸开城墙，然后攻城。敌人很狡猾，当我们在挖通往城下的地道时，他们沿城墙在地下埋了许多大缸，专听缸内发出的声响，判断我们挖地道的部位和进度，事先做好了防御准备。地道挖到西门下后，我们把炸药装进棺材，放在城下坑道内。攻城一开始，先点着炸药，西门城墙炸开了一道口子。当部队向城里发起冲锋时，遭到了敌人的阻击，我方伤亡较大，安边城没有攻克。

定边和盐池打开后，我红二十八军奉命在这两个县驻防，2个团在定边，1个团在盐池，军部设在定边。在定边和盐池驻防期间，部队在搞好整训的同时，主要向这一地区的人民宣传我党的抗日主张，宣传和贯彻党的统一战线政策和民族政策，组织领导群众建立革命政权和地方武装。部队在广泛发动群众的基础上，首先建立区乡两级革命政权，之后成立县级革命政权，还成立了不少群众团体，如抗日救援会、青年救国联合会、抗日少年先锋队等，并组织赤卫军、游击队等地方武装。盐池的地方武装发展很快，北区成立了1个赤卫连，城区成立了1个赤卫排，北区的少先队还成立了2个赤卫小队，他们到处设岗，担任警戒，捉拿汉奸和敌探，打击敌人，保护人民。根据中央争取全民族都投入伟大抗日斗争的政策，我们对开明地主采取团结的方针，不没收他们的财产，对其中能够拿出粮食支援前线的人，我们还赠送"团结御侮"的锦旗予以嘉奖。

定边、盐池一带回族较多。我们在工作中注意严格执行民族政策，搞好民族团结，对回族群众，我军实行"三大禁条"和"四大注意"。三大禁条是：禁止驻扎清真寺；禁止吃大荤；禁止毁坏回文经典。四大注意是：讲究清洁；尊重回民的风俗习惯；不准乱用回民的器具；注意回汉两大民族的团结。违反者以军纪处罚。红军很快得到回族群众的拥护，民族团结搞得不错。回族群众的抗日热情高涨起来，回民联合会、回民解放会、抗日救国会和回民游击队等群众组织和武装相继建立起来。回、蒙、汉三个民族的代表还在定边举行了盛会，互表民族团结、驱逐日军、争取祖国独立解放的心愿。

刘志丹同志指挥的最后一仗

裴周玉

1936 年 3 月下旬，我红二十八军在神（木）府（谷）苏区，打下沙峁镇，歼灭高桂滋一个主力营与地方民团后，苏区周围许多据点的敌人望风而逃。正在这个胜利时刻，中央政治局在晋西地区召开了扩大会议，进一步分析了华北的时局，决定"争取迅速对日作战，为党与红军的重要任务"，并决定了"第一期以经营山西为基本战略方针……以发展求巩固的原则。目前是普遍摧毁反动基础，普遍发动群众，猛烈扩大红军，各个消灭敌人"。为此令红二十八军东渡黄河，协同左路军十五军团作战。

我红二十八军 3 月 31 日从神木强渡黄河，歼灭了罗峪口守敌 1 个团，俘敌五六百人。然后继续转战兴县、临县、方山、离石与中阳一带，并击退兴县、离石、中阳与柳林镇向我出击之敌的进攻，取得了一个又一个战斗的胜利。4 月 13 日的下午，我军到达中阳县以西之留誉镇宿营。这个有数百户的小镇，距三交镇只有三四十里，是我军向三交镇进攻的出发地。三交镇是黄河的一个重要渡口，河西就是陕北苏区的绥德县境。该镇沿黄河东岸是阎锡山经营多年的防御体系，构筑有坚固工事与碉堡，并有 1 个主力团和保安团固守。

我军 13 日刚到留誉镇，刘志丹就不顾疲劳，提着望远镜，爬上西山去观察三交镇方向的地形和情况。走在路上，他向我们说："咱们越向南走，离红军总部越近了，一定要打好这一仗，好向毛主席献礼。"为了打好这一仗，他几天几夜也没有好好睡觉，他在山顶上，一面仔细观察，一面拿出那张中阳县的地图查对（当时我们没有这一带的军用地图）。正在这时，二五〇团从前面送来一名俘虏，刘军长盘问了足足有两三个钟头，连敌人军官有多大年龄，有什么嗜好也都问得一清二楚。

黄昏前，军部在留誉镇召开了团以上干部会议，刘军长首先传达中央与军委最近的指示，说："根据目前的敌情，中央决定逐步收缩兵力，准备集中歼敌，并深入做群众工作。"着令左路军红十五军团（包括红二十八军）从临县向中阳一带转移，以扩大红军，做群众工作。他继续说："红十五军团主力，12 日下午在中阳县之师庄、三角店地区与前来堵击的敌人第六十六师接触，经过激战，击溃敌 3 个团，全歼敌 1 个团和 1 个炮兵营，俘敌团长以下官兵 600 余人。"他又说："为了配合红军主力进逼汾阳，威胁太原，摧毁反动基础，扩大红军。我红二十八军于明日就向三交镇发动进攻，务求迅速歼灭该敌。"最后，他说："这是东渡黄河后，同红军主力会师，向党中央献礼的一仗，一定要坚决打胜。"而后，侦察科长向大家介绍了三交镇的敌情，刘军长全神贯注地听着。当王科长讲到"敌人只有1个团，新兵多，开小差的多，战斗力很弱……"时，刘军长突然站起来插话说："情况虽然是这样，但我们千万不能轻敌，这是每个指挥员要切实注意的。要看到我们现在离开主力较远，单独作战，周围都是新区，群众基础差。我们对每一点情况，每个村庄的地形，都要详细调查研究，任何麻痹大意与轻敌，都是不允许的。"刘军长对战斗的布置，简直像绣花似的，一针一线都予以严密的注意。

4月14日拂晓，我们红二十八军围攻三交镇的战斗开始了，二五〇团从东南面上山，二五一团从东北面上山向三交镇攻击，二五二团是军的预备队，并担任中阳县方向的警戒，阻击可能来三交镇增援的敌人。

战斗安排就绪，军部里紧张了好几天的空气，似乎暂时安静了一些。刘军长眼里充满血丝，警卫员几次送来饭，他都忘记了吃，一会儿用铅笔在地图上标记号，一会儿在屋子里来回走动，天已经蒙蒙亮了，他还未合眼。唐延杰参谋长劝他说："军长，你去休息一会儿，有事我叫你，这样你怎么受得了？"他笑了笑回答说："不知怎么回事，枪一响，一点也不困了。"

唐参谋长要亲自到二五一团去指挥战斗，刘军长告诉他说："你去叫二五一团占了前沿阵地，迅速向纵深发展，争取早日和二五〇团取得联系，以便两面夹攻敌人，不让敌人有喘息的时间。"

　　4 月 14 日上午，刘军长听说二五〇团那面攻击不太顺利，便立即和宋任穷政委商议，让政委留在军指挥所掌握全面情况，他要亲自到二五〇团阵地去。我和参谋、警卫员等几个人，也跟着一起出发了。

　　我们从军指挥所到达二五〇团前沿，听取了黄光明团长、王再兴政委汇报敌人情况与我军战斗态势，而后，刘军长说："时间就是胜利，必须迅速组织力量消灭这顽抗之敌。这次战斗，与河东整个红军安危有关，要号召党员和指挥员，拿出最顽强的毅力，狠狠打击敌人，现在三交镇周围大部阵地已被我们占领，只剩下西北面那些主要山头，敌人凭着碉堡、工事拼命顽抗。二五一团那面强攻不易奏效，你们一定要设法积极动作，把敌人的阵脚打乱，以便迅速消灭敌人。"

　　刘军长到达前沿后，还找来二五〇团一连连长，询问了该连的情况。因为一连是首先攻入三交镇的先遣连队，接连夺取了敌人许多坚固工事与碉堡，该连有一个突击班打得最好，班长外号叫"二胡"（因他会拉二胡）。他带领全班冲锋，消灭四五十个敌人，攻下三个碉堡，全班只有两人负轻伤，他自己手上负了伤还照样率领全班顽强战斗。刘军长听了该连连长介绍这些情况后，高兴地说："一连这种以少胜多，以小分队逐个攻取敌堡的办法是我们战胜与消灭敌人的好办法，二五〇团应仿照这种办法，迅速夺取这些碉堡，消灭敌人。"

他同二五〇团首长研究好继续战斗部署后，已快中午了，刘军长又提着望远镜，向阵地的最前沿走去，我们气喘吁吁地跟着他往山上爬，子弹嗖嗖地在头上飞啸，他好像根本没有听见似的。我们跟随刘军长一直爬到距敌几百米的小山包上，这个长不到 100 米、宽不到 30 米的光秃秃的小山头，和敌人那一线山头相对峙，中间隔着一条小溪，小溪的西头和黄河汇合处就是三交镇。我们这个山头是敌人火力压制的重点之一，上面无任何工事和隐蔽物，我们只好趴在山头塄坎下观察敌情。从这个山头上看去，镇上的小巷、房屋都历历在目，敌人的活动隐约可见。我方的战斗进展情况也都看得很清楚。刘军长趴在山顶上，聚精会神地观察敌情，当他看到战士们占领敌人一个碉堡、摧毁一个工事或消灭了几个敌人时，就兴奋不已，甚至不顾自己的安危，站起来观察情况。我和警卫员几次劝阻说："这样危险！"但他看到胜利攻击的情景非常兴奋，说："小裴，你看这个山头不是一个理想的观察所吗？"他把所观察的敌情与部队战斗进展的情况，让通信员一一通知二五〇团首长，并告诉他们，应该采取的攻击手段与措施。而后，他坐在地上拿出小本，把前线战斗情况给宋政委写了一封信，让通信员跑步送回军指挥所去。通信员临行时，刘军长笑着嘱咐说："你告诉宋政委，过了中午，请他进三交镇去喝胜利酒。"

正在部队打开通往三交镇道路的时候，敌人的一挺机枪迎面封锁了部队的前进道路。刘军长伏在山头的一个堎坎后面，一手撑着地，一手拿着望远镜，观察了一会儿对我说："特派员，你看见了吗？机枪是从小庙旁边那个碉堡里打出来的，等会儿部队冲上去一定把那机枪缴过来，带给陕北根据地人民做纪念。"

我回答说："好，一定缴过来，敌人活不了几个钟头啦！"

刘军长在前沿阵地上也亲眼看到另一种不祥的预兆，就是有的连队成排或几十个人向敌人一个碉堡发起集体冲锋，且都被敌人火力阻击而不能奏效，并加大了战士的伤亡，甚至发现黄团长亲自带领 1 个排向敌堡冲锋。因此，怎样迅速消灭当面敌人，又要防止急躁冒进，是当时问题的焦点。刘军长沉着、冷静地处理每个战斗情况，劝阻部队不能盲目冒险，造成不应有的伤亡。他也深知消灭这些敌人，既没有炮兵，也没有炸药，全靠红军的英勇和指挥员的智慧与指挥艺术。于是，刘军长把参谋叫到跟前，手指着前面，将自己所观察的情况与设想向参谋说："你马上去告诉黄团长，要尽快组织突击力量，夺取前面那些碉堡，消灭敌人火力点。"并用警告的口气要参谋转告二五〇团首长说："指挥员任何时候都要沉着冷静，不能单凭勇敢蛮拼，一定要讲究战术，以最小的代价，夺取更大胜利。"参谋同志接受任务后，即刻向前面飞跑而去。这时，山包上只剩下刘军长、警卫员和我三个人，最后他脸向着我慷慨激昂地说："特派员，将来我们有了无线电就好了。"我说："一定会有的。"

4月，北国的山包上仍然是很寒冷的。刘军长毫不理会冷风的侵袭，迎风站在高处，观察和细听着周围的一切动静，密切注视着战斗的进展。他嫌棉帽子的耳扇碍事，把帽带也绑起来，寒风吹得他的脸紫一块红一块的。

随着战斗的激烈进行，时间也在一分一秒地消逝，刘军长的心也随同他手中握的怀表一样，嘀嗒、嘀嗒，计算着部队运动的时间，预计着彻底消灭敌人和夺取三交镇的时刻。他站在那里，看着部队英勇地战斗，却忘记了自己是站在距敌人只有几百米远的山头上。我和警卫员见他站得那样高，几次拉过刘军长，让他姿势放低一些，防止意外，但无论我们怎样拉他劝他，他全然不为所动，为了便于观察敌情，指挥部队作战，还是照样站起来。谁知，就在刘军长观察部队向敌人重新发起攻击和注视敌人态势的时候，敌人的那挺机枪突然射来一梭子弹，刘军长两手往胸前一抱，踉跄着要跌倒下去。我见此情景，心里猛地一震，糟糕，军长负伤了，不禁惊呼一声，赶快跨上一步，把他抱住，急着喊道："警卫员，快去叫医生。"

子弹是从他左胸部穿过去的，碰着了心脏，伤口处流血很少。他穿的土灰色棉军衣的左胸处，有个弹孔。当时，他的面色蜡黄，呼吸极度微弱，心脏略感到有些跳动，昏迷了过去。

我忙把刘军长抱到山坡后边，找个隐蔽平坦的地方放下，待了一会儿，他神志略微清醒了些，睁开了眼睛，环顾了四周，想用双手支撑着身体坐起来。他那顽强的劲头，那坚强的意志，那无畏的毅力，还在想着为党为人民做更多的事情。他挣扎着抓住我的手，以极其微弱的声音告诉我说："让宋政委……指挥部队，赶快消灭敌人……"只见他嘴唇又动了几下，但再也听不见声音了。这时，医生赶到了，可我们敬爱的刘军长已完全停止了呼吸。

宋政委听到噩耗，急忙从指挥所赶到前沿来了，二五〇团王再兴政委也从前沿阵地赶回来了，他们走到志丹同志身边，抑制着万分悲痛的心情，跪下身子抚摸了志丹同志的心脏与脉搏，详细检查了他的伤口，向我询问了负伤的经过与处置情况，也询问了医生还有无抢救的希望。

噩耗传来，这个山头周围阵地上的勇士们，顿时一片沉静，大家好似做梦一样，都不相信自己的耳朵，每人的内心迅速燃烧起复仇的烈火。一霎时，阵地上的英雄们捶胸顿足泣不成声，有的同志从临时的隐蔽处或拐坎下站起来，恨不得马上向敌人冲去，为刘军长报仇。同志们悲愤交加、群情激昂的情绪难以平静，大家不约而同地端起自己手中的机枪、步枪一齐射向敌人，以表示向刘军长致哀，为刘军长雪恨。

而后大家迈着沉重的脚步，严肃悲痛地向刘军长身边走去。有的战士右手举起步枪，左手拿着军帽高呼着："我们要为刘军长报仇！""我们要坚决把敌人消灭干净！"

宋政委这时严肃地站在亲密战友的遗体旁，脱下自己的军帽，同志们也跟着宋政委脱下军帽，向刘军长遗体默哀，向自己最敬爱的首长做最后的告别。宋政委向周围的战友们说："刘军长为中国人民的解放事业贡献出了自己的生命，流尽了最后一滴血，我们要化悲痛为力量，继承他的遗志，完成他未完成的事业，更多地消灭敌人，为刘军长报仇。"而后，我们把刘志丹同志的遗体抬上担架，宋政委从警卫员手里拿过那件旧大衣，轻轻地盖在他身上，一步一步地把担架送到山坡下，直至目送担架渐渐远去，大家才各自返回岗位，继续战斗。

我由二五〇团前沿阵地上，护送刘志丹同志的遗体到达三交镇东南角上一个大院时，在那里等候的军政治部主任伍晋南等同志，立即以沉痛的心情，向刘志丹同志遗体默哀致敬。随后，我将宋政委的指示与一切安排向伍主任做了汇报，他马上派侦察科王科长等筹划船只。民运科刘国梁科长跑遍了三交镇也未买到棺材，只好买了几块木板，制作了一口简易棺材。一切准备工作就绪后，我将刘志丹同志遗容上的泥土擦洗干净，整理了他随身穿的衣帽，大家才把遗体抬进棺材。运送灵柩的渡船由侦察科王科长、民运科刘科长护送黄河西岸，当渡船缆绳解开准备西渡时，已是晚上 12 点了，虽然凉风飕飕，伸手不见五指，但大家不约而同地都脱下了军帽，立正向渡船上刘军长的遗体三鞠躬，大家流着眼泪，目不转睛地望着载运刘志丹同志遗体的渡船，由近而远，向黄河西岸苏区划去。

　　黄河的咆哮声，狂风的呼啸声，仿佛都掩盖不住我们每个人内心的悲痛，唯有前沿阵地上激烈的枪声、炮声和手榴弹的爆炸声，才使我们从沉痛中骤然惊醒。一种由于强烈愤怒所产生出来的力量，在我们每个人的心里燃烧起来。我们踏着刘志丹同志光荣的血迹，迅速奔向各自的战斗岗位。黄河在我们背后怒吼，它将千秋万代歌唱着倒在这里的红军英雄们，歌唱着刘志丹同志。

从黄河游击师到红三十军[*]

阎红彦

　　1935 年 10 月，中央红军长征胜利到达陕北。陕北根据地，面积不算小，但土地贫瘠，人口不多，物产很少，人民生活十分困难，养活不了这么多部队。红军要革命、要抗日、要发展，因此决定东征山西，讨伐卖国贼阎锡山，打通抗日路线，直接对日作战。

　　这时，我刚从苏联回国，中央考虑到我是陕北人，参加过清涧起义，后又组织晋西游击队，转战陕晋，对黄河两岸地理环境、乡俗人情比较熟悉，因此，在听取了我的汇报之后，立即指派我组建黄河游击师。我愉快地接受了这一任务。

　　严冬季节，陕北高原，狂风呼号，雪雨交加。由于任务紧迫，我不顾风尘劳累，顶风冒雪，偕同郝怀仁日夜奔波于

---

　　* 本文节选自《红三十军渡河东征前后》，收录时做了适当修改。

清涧、延长、延川等地，和地方党组织及地方游击队取得联系，筹谋组建部队有关事宜。经过努力，在很短时间里我们就把清涧二支队、延川七支队、新一支队、山西游击队（当时驻在陕北）和清涧、延川的游击小组集中起来，加上红八十一师1个营，合编为黄河游击师，共五六百人。根据中央命令，由我任师长（亦称司令），蔡树藩任政治委员，杨森任参谋长，杜平任政治部主任。

黄河游击师成立之后，除警戒清涧、延川、延长一线的黄河沿岸，保证主力红军胜利渡河外，主要任务是协助周恩来同志为红军东征抗日准备渡河船只及其他物资。

由于国民党地方军阀长期搜刮掠夺，陕北民穷财尽，后勤准备工作困难极大。加之，阎锡山惧怕红军渡河，把全部船只抢到河东。所以，解决渡河船只，就成为当时一个十分迫切的问题。为此，周恩来在延川县召开了清涧、绥德、延川、延长等县县委书记会议，他在会上强调指出："要实现全国抗日，就必须扩大苏区，扩大红军。现在山西是个空子，蒋介石力量还未进来，阎锡山军队腐败，没有战斗力，所以中央决定渡河东征。限期20天，必须完成60只渡船，20万斤粮食，2万双军鞋。"并指示黄河游击师协助完成。

会后，我与地方党的负责同志，积极动员和组织群众，砍伐木料，铸铁制钉，日夜造船，成立了水手工会，对船工进行思想教育和训练。我们给他们讲明："日本帝国主义要灭亡中国，国民党蒋介石投降卖国，不许我们东进抗日，要把我们阻挡在黄河以西。阎锡山吹嘘说，山西是钢铁的山西，人过要留钱，鸟过要拔毛，我们就是不留一个钱，不拔一根毛，一定要打过黄河去。"经过一段时间教育和训练，船工们情绪高昂，表示不怕流血流汗，一定要把红军送过黄河去。

在造船的同时，游击师的全体指战员，发动群众筹粮、筹款，做军鞋，按期完成了规定的任务。还组织力量到河东侦察敌人的兵力部署、火力配置、碉堡构筑等情况，为我军渡河提供了情报资料。

彭德怀同志来清涧巡视工作时，曾赞扬清涧的工作做得好。在后来一次研究绥、米、葭、吴、清五县警备区工作的会议上，毛泽东同志回忆东征时曾说："阎红彦是一位好同志，东渡黄河的时候，渡船的问题，主要是靠他去解决的。阎红彦主动承担这个任务，他解决得很好，解决得很快，因此，能够顺利地完成东渡抗日救国的任务。"

1936 年 2 月初，红军总部在延长县正式组成中国人民红军抗日先锋军，总指挥彭德怀，政委毛泽东。2 月 18 日，总部发出了渡河东征的战斗号令。红军主力集中黄河西岸，厉兵秣马，整装待发。2 月 20 日晚 8 点，我军左翼梯队红一军团、右翼梯队红十五军团，从北起绥德的沟口，南至清涧的河口，沿西岸 100 多里的各个渡口，强渡黄河，突破了阎锡山的碉堡防线，胜利地进入山西。

2 月 21 日，我向游击师全体指战员做了渡河动员，我说："毛主席讲，这次东征有三项任务：一是到外线打击卖国贼阎锡山，调动他在陕北四个旅的兵力，借以粉碎敌人对陕甘边区新的'围剿'；二是配合北平一二·九学生抗日爱国运动和全国反内战高潮；三是壮大自己的力量，促进抗日民族统一战线早日实现。"当晚，全体指战员在"密云遮星光，万山乱纵横，黄河上渡过了抗日的英雄们……"的雄壮歌声中，步红十五军团之后，从河口东渡。

在此之前，毛泽东同志在清涧县河口曾指示黄河游击师过河后的任务是："（一）维持石楼、义牒、河口间的交通；（二）拆毁沿河堡垒，消灭残敌；（三）发动辛关、老鸦关、清水关、义牒镇4点之间的群众斗争，组织山西本地的游击队；（四）保持主要渡口。"根据毛主席指示精神，游击师过河后，立即进驻义牒镇、三交镇，扫除了贺家岔一带的残敌，配合红十五军团，攻打石楼县城。其后，担任沿河警戒，守卫主要渡口，维护东征红军与陕北苏区的后方通道。

由于阎锡山的长期反动宣传，诬蔑"共产党残忍，杀人如割草"，因之，红军过河后，当地有不少受蒙蔽的群众，东躲西藏，有的甚至跑进深山老林。游击师的干部战士每到一地，放下背包，立即运用各种方式进行宣传，有的教唱歌，有的大会演讲，有的刷写标语，张贴抗日先锋军的布告。现在三交镇一带，有些老年人还记得红军当年教唱的歌："红军说一声，大家都来听呀！陕北闹革命成功，要到你们山西省……"

1936年2月末，中阳县苏维埃政府在三交镇成立，选举出主席李文才、副主席黄石山，我出席了大会并讲了话。游击师在三交镇同苏维埃政府一起，打土豪、分粮食、分浮财，惩办作恶多端的恶霸，维持地方治安，扩军300多人。

不久，根据斗争形势发展的需要，黄河游击师奉命改编为红三十军，我任军长，蔡树藩任政委，杨森任参谋长，杜平任政治部主任，下辖二六二团、二六三团、二六四团。3月中旬，兑九峪战斗后，根据毛泽东的部署，我军兵分三路，红十五军团为左路军，北进岢岚、岚县；一军团为右路军，南插同蒲路汾河流域；红三十军为中路军，活动在石楼、中阳、午城等地。3月20日，毛泽东同志在隰县康城召开的红军总部干部大会上讲："左右两路军已经打出去了。我们是中路军，部队虽少，但是要做大事情。现在敌人集中了20多个团来'扫荡'我们，企图把我们赶回陕北。我们要在晋西一带和敌人兜圈子，要准备多跑一些路。"我率领红三十军始终活动在毛泽东同志和红军总部的周围。部队组织了工作队，深入宣传我党的主张，揭露阎锡山卖国投降的罪行，号召人民奋起抗日救国。

掩护红军主力回师陕北[*]

阎红彦

1936 年 4 月 14 日，红二十八军在攻打中阳县三交镇时，刘志丹同志不幸壮烈牺牲，部队伤亡也较大。中央决定从红三十军抽调 1 个团，补充红二十八军建制，调红三十军政委蔡树藩任红二十八军军长。同时，任命宋时轮为红三十军军长，我改任政委。宋时轮奉命赴职时，发生了这么一个小插曲：在毛泽东同志和彭德怀同志的住处，宋时轮和我见面了，彭德怀同志宣布了中央的这一决定。由于我搞惯了军事工作，对政治工作尚不熟悉，便问毛主席："主席可不可以提意见呀！"

毛主席吸着烟微笑，彭德怀同志插话说："就这样确定不好吗？提什么意见嘛！"

毛主席说："有意见就讲吧！今天就是找你来商量呀。"

---

* 本文节选自《红三十军渡河东征前后》，收录时做了适当修改。

"我这个人一贯搞军事，是个粗人，读书少，还是做军事工作好。"

"你到苏联不是学了政治吗，你还住过学校。"

"那是本本上的，我还不会运用。"

"学了就是要用嘛，现在给你提供了一个实践的机会，学用结合嘛！"

我被说服了。

主席接着说："宋时轮是很会打一下的。你们合作一段时间，就了解了。你还是当政委吧，怎么样？"

"那就照办吧！"我点了点头。

"好！这才是一个政委的表现。"

然后，毛主席招待吃饭。桌上摆了一盘辣椒，我一边吃辣椒，一边下酒。彭德怀同志说："你这个人才怪，吃辣椒还下酒。"

我说："矛盾呀！矛盾统一了。"

毛主席说："哦！你不仅是一个政委，还是一个哲学家。"

大家哈哈大笑。

饭后，我陪宋时轮同志到红三十军军部，向宋详细地介绍了红三十军的情况，然后对他说："我这个人很爽快，有什么说什么，心里面装不住东西，一根直肠通到底。希望你不要有什么顾虑，有什么话就直说。"

宋时轮同志说："我来之前，就听到主席和彭德怀同志介绍，说你是个好同志。"

我说："我这个人简单得很，吊儿郎当的，得朝'好'字方面努力啊！"

在以后的战斗日子里，我们两人互相关心，互相照顾，总是把困难留给自己，方便让给对方，建立了深厚的革命友谊。

正当红军抗日先锋军在山西节节胜利，准备越过同蒲路东出河北，直接对日作战时，蒋介石不顾全国人民的反对，坚持独裁、卖国的内战政策，调集重兵，伙同阎锡山部，阻挡我军东进。为避免大规模内战，保存国防实力，1936年5月5日，中华苏维埃人民共和国中央政府和红军革命军事委员会发表了《停战议和一致抗日》的通电，宣布红军回师陕北。

红军回师西渡时，中央命令红三十军担任后卫。当抗日先锋军主力经石楼、永和，由东向西转向黄河东岸时，我和宋时轮同志率三十军由西向东插向吕梁山的隰县、大宁一带，以迷惑和牵制敌人，拖延敌人的追击时间，掩护党中央领导和红军主力安全西渡。

在大宁附近的北山高地上，我们指挥部队和敌人展开了一场血战，钳制了敌4个师的兵力，并把一部分援敌阻于昕水以南。在三交镇一带，红三十军参谋长杨森，率部完成阻击任务后，被敌包围，苦战中杨森英勇牺牲，部分战士跳下黄河，泅水返回陕北。

就在红三十军顽强阻击敌人的时候，我军主力从石楼县的铁罗关一带，胜利地渡过黄河。毛主席和党中央其他领导同志，也于 5 月 2 日傍晚，在延川县清水关渡河回到陕北。

红三十军完成阻击任务后，被敌人分割包围。军部电台受到干扰，以致和党中央及二六二团失掉了联系。敌机对军部和二六三团驻地进行猛烈轰炸，在极端困难的情况下，我和宋时轮同志指挥部队进入高山密林，边打边向南转移，寻找渡口，和敌人周旋了一个多星期。5 月 13 日夜晚，部队转移到晋西南吉县平头关渡口，找了 9 只木船，准备在这里突围渡河。但是，天一亮，敌人就发现了我军集结地点，出动飞机轮番轰炸，接着，敌人的步兵也追上来了。在十分危急的情况下，宋时轮同志说："阎政委！你带着司令部、政治部先撤，我掩护！"

我说："你先撤！我掩护！"我们两人谁也不肯先走一步。最后宋时轮同志说："我是军长，我下命令，你得听呀！"这样，我只好服从。

我指挥军部和其余部队火速渡河，当我安排完最后一只渡船后，自己留在黄河东岸。船上战士望着我大喊："阎政委，快上船。"军情火急，不容拖延，我便命令："不要等我，开船！"这时，军长带着阻击部队经过激烈战斗，完成掩护任务撤到黄河边，他看到我还站在那里，便焦急地说："哎呀！阎政委，你怎么还待在这儿？"我说："我在等你们！"就这样，我们一同渡过了黄河，完成了中央赋予我们的任务。

红三十军二六二团在与军部失掉联系后，独立作战，最后只留下1个排掩护，主力也胜利西渡。留下的这个排，在完成了掩护任务之后，被敌切断了归路，排长高成功带领全排战士，白天在山上躲避，夜晚同敌人周旋，后来在当地群众帮助下，也将全排带回了陕北。

保卫党中央[*]

阎红彦

1936 年 5 月，红军回师后，宋时轮同志又奉命调至红二十八军，我复任红三十军军长。不久，中央又调蔡树藩同志任红三十军政委。

这时，蒋介石不顾全国人民"停止内战，一致抗日"的要求，继续组织力量进攻红军。敌李生达、汤恩伯部进抵黄河东岸，准备渡河进犯。陕北之敌高桂滋部进驻宋家川、打连山、石堆山一带；高双成部进驻吴堡、葭县间之沙家坪、张家山一带，构筑碉堡，与晋敌隔河呼应。陕北苏区和党中央驻地瓦窑堡受到严重的威胁。

5 月 18 日，我率红三十军刚刚到达延长县，准备休整待命。凌晨 1 点左右，毛泽东、周恩来、彭德怀同志发来"火急"电报，命令红三十军迅速北上，限 23 日到达宋家川附

---

* 本文节选自《红三十军渡河东征前后》，收录时做了适当修改。

近组织防御，阻击晋敌渡河南侵。

根据电报指示精神，我率红三十军星夜疾进，经白家川渡无定河，按时到达宋家川地区，在打连山、石堆山日夜与敌奋战。同时指挥吴堡、绥德两县游击队主力，打击吴堡民团，侧袭敌对岸的船只，切断敌人的交通联络，大力开展宣传攻势。在我军的打击袭扰下，敌高桂滋、高双成部龟缩不前，河东之敌李生达部也不敢贸然进犯。

6月下旬，国民党张云衢部，乘我主力红军西征之际，对党中央驻地瓦窑堡采取突然袭击。当时我军留在瓦窑堡的兵力很少，形势十分危急。红三十军奉令急回瓦窑堡增援，23日到达时，毛主席和中央机关刚撤离瓦窑堡，向西转移，战斗正在激烈进行。红三十军不顾连日行军疲劳，立即投入战斗。敌依仗其炮火的优势，向我疯狂地轮番冲击，我军英勇顽强阻击敌军，一次又一次地打退了敌人的进攻。战斗持续了多半天，敌付出了重大的代价，我二六二团也遭受到重大损失。团长霍忠瑶、政委冯圣昌均壮烈牺牲。

红三十军完成阻击任务后，当天根据毛泽东、周恩来同志"万万火急"电报指示，部队又受领了新的任务，主力设防于安定至保安之间的十里铺，"另外一部驻安定附近，分向瓦市和石湾警戒。特别严防瓦市之敌西出游击与夜袭"。当晚12点，毛泽东、周恩来同志又电示我，要求"对瓦窑堡及石湾应游击警戒"，并"多派望探逼近敌方侦察，约期报告。驻地附近应构筑工事，免再为敌乘"。

毛泽东、周恩来同志鉴于在瓦窑堡阻击敌人的战斗中，二六二团损失较大，6月25日指示我和蔡政委："应亲自去各团、连讲话，检查和解释，首先将坚持东线游击战争，配合西线扩大苏区的政治任务，提到每一个指战员面前。"说明"失掉瓦窑堡，与遭受部分损失，不能丝毫减少我创造西北大局面与战胜敌人的信心"。并要求将红军在"西线的胜利"及"全国形势讲给干部战士"听，以鼓舞斗志。

根据指示，我和蔡树藩政委深入各团各连，讲形势、讲任务，广大指战员了解了全局，开阔了眼界。26日，我向毛泽东、周恩来同志报告，二六二团虽受了损失，最少的连只有60余名，三连只有19支枪，但情绪甚好。在这以后的一个多月里，三十军为了保卫党中央所在地，日日夜夜战斗在安定县一带。

8月20日，蔡树藩同志奉调担任志丹城卫戍工作，红三十军政委由我兼任。不久，红三十军开赴三边高原，严防北面敌人的袭扰，守卫党中央驻地的北大门。到三边后，军部驻守宁条梁附近，王诚汉、曹德连率二六二团驻防靖边一带，刘守德、惠世恭率二六三团驻防定边一带，宋运炳、高维嵩率二六四团驻防安边一带。三边的敌人，在我军不断打击之下，龟缩在城内，不敢轻举妄动，只是暗中指使一些小股散匪进行扰乱和破坏。红三十军一面进行剿匪战斗，一面根据中央指示，派人同国民党地方军阀进行谈判，争取双方停战，互不侵犯，通商往来。

红三十军在三边驻了一年多，我们除了打仗外，还带领部队发动群众打土豪、分田地、分牛羊，筹款、筹粮，建立地方党组织和苏维埃政权。后一时期，军部驻崔涧村，进行整训，各团都掀起了练兵热潮，军部举办了多期连长、支部书记训练班。经过整训，部队的军政素质得到显著的提高。

三边一带是新区，红三十军进驻后，积极做群众工作，帮助群众犁田锄地，收麦打谷，为房东挑水、扫院子，严格执行"三大纪律八项注意"。我和杜平同志住在崔家，和房东一家老小相处得很好，帮他们从事家务劳动，为他们排忧解难，时间久了，像一家人一样亲。房东老大娘看见我们不是吃稀饭，就是啃窝窝头，实在过意不去，常常为我们做一些荞麦面送来，这在当时是上等饭，一送就是两大碗。在共同的相处中，我们和人民群众孕育了真挚的阶级感情，直到以后我们移驻庆阳，还念念不忘三边的群众对红军的支持。

红城水教训马鸿逵[*]

马青年

1936 年 7 月 6 日，苏廷瑞眼看韦州失守，便电告马鸿逵要求救援。马鸿逵接到韦州告急电报后，心神不安，唯恐韦州失守，危及金积、灵武，动摇其老巢银川。加上西征红军进入宁夏后，盐池县的黑马队、下马关的红马队全部被歼，眼下韦州重镇又危在旦夕，痛心疾首。为解韦州之急，存其实力，马鸿逵调飞机 1 架前往增援，另一方面不惜血本，抽调骑兵一、二、三、四团及保安处骑兵大队、1 个迫击炮连、1 个重机枪连，由骑兵二团团长马光宗率领，从金积、灵武出发，驰援韦州。同时，请求蒋介石急令胡宗南部增援。

敌军抵韦州后扑了空，即派飞机到红城水侦察。敌机像一只老鹰在空中盘旋了几圈，然后几个俯冲，便向韦州方向

---

* 本文节选自《忆红军西征中的回民独立师》，收录时做了适当修改。

飞去，马光宗便率部向红城水杀来，企图全歼我军。

敌军进入红城水，没发现红军，狼嚎鬼叫，纵火烧毁民房。倏然之间，宁静的红城水上空，烟云滚滚，火光冲天。此刻，埋伏在村南和村东高岭坡上的我军指战员，目睹这幅惨景，个个怒火中烧，恨不得冲出去一举把敌人消灭光。

当敌军全部进入我伏击圈时，军团长徐海东遂令部队出击。我回民独立师指战员和主力红军腾空而起，杀向敌群，机枪嗒嗒、手榴弹炸响，敌人无力还击，只是四处乱逃。最后，大部敌军被追击到北塬一果园子里，在这里展开激战，击毙和俘虏敌军 300 多人，打死打伤战马 200 多匹。果园子里尸体累累，一片狼藉，可惜马光宗在激战中溜掉了。

这一仗速战速决，打了一个漂亮的伏击战，使敌人闻之丧胆。从此，马鸿逵部只是隔城对抗，再不敢贸然出兵进攻了。

红城水伏击战结束后，回民独立师驻扎下马关，任务是联合地方武装组织剿匪，为民除害。

红军于 1936 年 5 月下旬来到下马关，采取了围而不打、围城打援的战术。

下马关是豫旺县政府所在地，县长董天祥外号"阎王爷"。早在红军西征消息传开后，马鸿逵就派他的骑兵第四团二营营长孔庆福率 300 多名步兵和 1 个骑兵营（马鸿逵的红马队），进驻下马关，协助守城。

根据战况的发展，6月中旬，回民独立师在王家团庄奉命开赴下马关，配合主力解放豫旺县城。到下马关后，军团给我师下达的任务是向敌军展开强大的政治攻势，宣传我党的抗日主张和宽待政策，以瓦解敌军。

遵照军团指示，我们做了部署：李铁民参谋长带一部到东滩、杨家堡子、西沟和红城水一带，继续发动群众，组织群众，建立"农民解放会"和区、乡村苏维埃政权；我和欧阳武政委以回民身份，带一部在下马关周围向守城士兵、壮丁和回民群众宣传，以争取群众，孤立敌人，夺取最后胜利。

我们几乎是面对面地开展政治攻势，敌兵在城墙上面，我们在下面。欧阳武政委对这一带比我熟悉，但是他说话操一口上海腔，敌兵们不相信他是回民。有一次，我们俩一起到城下宣传，欧阳武政委用手搭成喇叭筒，说："守城官兵们，你们不能对抗红军，红军是回民的队伍。你们的家我们去过了，你们的家眷我们也见到了，红军给他们分了粮食，他们的日子过得很好。你们是回民，我们也是回民，……"守城敌兵和壮丁听出欧阳政委不是此地人就吼叫起来："你骗人，你不是回民，你冒充回民！"

我接上说："他是回民，是上海回民，是红军独立师的政委。我也是回民，咱们大家都是回民；回民应该是一家人，不能自己打自己，要联合红军打日本！"因为我在宁夏时间长，他们听到我的口音就再没乱吼乱叫了。

我们就这样每天坚持宣传，来听的敌兵和壮丁越来越多。我和欧阳政委商量给他们定了个时间，每天下午3点为红军宣传时间，欢迎来听。这么一规定，他们还很听话，每天准时赶到，一个个趴在城头上侧耳静听。

由于我们强大的政治攻势，敌人军心涣散，不愿再为董天祥卖命，逃跑投红军的日渐增多。下马关城内无水源，每天出城背水的敌兵和壮丁逃跑的也越来越多。董天祥和孔庆福发现后，气急败坏，十分恼火，遂即增岗加哨，对城内外严加封锁，不准再听红军的宣传。谁敢再听，立即枪毙！其实，马家军早已士气大落，军心涣散了。

6月27日，军团长徐海东下达了攻城命令，回民独立师同主力部队紧密配合作战，向敌人发起了攻击。这次我军采取声东击西的战术，先以部分兵力从东城诱敌。董天祥、孔庆福听见东城枪响，便调主力至东城对付我军，而我主力便乘机攀云梯上西城。当敌人发现后，我军已攻入城内，迅速扩大战果，向敌军压去，使敌军无招架之力，敌骑兵营全部被歼，缴获各种枪250多支、战马100多匹，民团武装全部被俘。董天祥在破城时逃跑，到离下马关10里的新庄集，被一农民发现用铁锹打死。敌营长孔庆福从城西南角挖洞逃跑，被一起义壮丁击毙。整个战斗拂晓结束，我军仅阵亡1人，伤7人。战斗结束后，被俘壮丁一部分由红军发路费送回家，大部分补入了回民独立师。

紧接着，军团宣布成立了豫旺临时苏维埃政府（后豫海县回民自治政府成立时撤销），西征红军总部任命刘昌汉同志担任县长兼县委书记。从此，豫旺县便成了红军西征开辟的又一块红色新区。

搞民族工作非常重要[*]

李赤然

1936 年 5 月，还带着东征硝烟的红军指战员，又开始了西征。

根据中央军委决定，红二十八军、红二十九军 1 个团和红八十一师、军委骑兵团组成中路军，担任巩固和发展三边地区的任务。安边地处要冲，被敌重兵固守，四周为开阔沙漠地，易守难攻。我红八十一师开进后，即对该城的东、南两面进行围攻，西、北两面的攻城任务由友军担任，经过 20 余日反复强攻，该城仍未攻克。城内的地主反动武装张廷芝、张廷祥部和一部分国民党杂牌军负隅死守。数十日的强攻，使我军伤亡较大，有 5 名连长、9 名排长、百余名战士牺牲。同时，城东面堆子梁的敌骑兵亦时时对我骚扰。一次，敌堆子梁方向 1 个骑兵营向我七连阵地进攻，情况十分

* 本文节选自《红八十一师在西征战役中》，收录时做了适当修改。

紧急。我（时任红八十一师政治委员）和警卫员王强不顾敌人猛烈炮火的封锁，匍匐至七连阵地。我重新组织了该连的火力，规定敌不进到距我阵地30米以内，没有我的命令，任何人不准开枪，不准投手榴弹，一定要沉着。就在这一瞬间，敌骑兵在敌机的掩护下，手执大刀，杀气腾腾地冲到我军阵地前沿。这时，我命令部队把早已准备好的手榴弹投向敌阵，密集的突如其来的手榴弹，打得敌骑兵措手不及，一时间血肉横飞，鬼哭狼嚎，溃不成军，纷纷逃窜。我们继续用手榴弹、机枪、冲锋枪、步枪的密集火力给敌以歼灭性的杀伤，当场击毙敌200余人，战马200余匹。从此，这方面的敌人再不敢向我围城的红军挑衅。

在我师围攻安边城最为疲劳的时候，彭总要我师撤出战斗，到定边城休整。7月上旬，我师进驻定边城，休整一个月后，随总部进驻白城子，作为机动部队。

我军驻地是回民的聚居区。因此，能否做好少数民族工作，直接关系到我军西征的成败。中央军委和总部及时提出了"各民族团结起来，共同抗日"的口号，颁布了"严禁驻清真寺、不准吃猪肉、不准在回民聚居区筹款"的三大禁条。

我师由民运科长康玉林同志（回族）负责，组织了一支强大的工作队，进行了发动和组织回族群众的工作。同时，我们对全师指战员进行了尊重回民风俗习惯的教育，开展了帮助回族群众建设家园的工作，要求部队坚决执行不驻清真寺、不吃猪肉、不住家里有青年回族妇女的房子等纪律。部队每到一地，先打扫室内卫生和环境卫生，得到了素爱清洁的回族群众的好感。居住在西北高原的回族群众吃水是很困难的，每次都要到几十里外去取水。我们要求部队自己吃水自己运，还要保证驻地回族老乡吃水。为了帮助群众解决生活上的困难，我们把在汉民区打土豪得来的粮食、衣物分给贫苦的回民群众，从几十里地以外的地区砍伐木料，为回族群众整修倒塌和透风漏雨的房屋。这样使驻地的回族群众逐渐地消除了多年来国民党反动派造成的回、汉对立情绪和互相残杀而引起的仇恨，回族群众把红军看成是自己的队伍，红军越来越得到回族群众的拥护和爱戴。他们挂出了红军长征经过时赠送的锦旗，请红军指战员吃全羊，以回族的隆重礼仪款待我红军指战员。我们和当地群众互相尊重，情同手足。经过深入宣传党的抗日民族统一战线政策，回族群众纷纷要求我们帮助他们成立地方政府、群众组织和游击队。根据党的民族政策，我们在豫旺等县建立了回族自治县，回民马和福曾任豫旺县政府主席。在乡村中，我们建立了群众性的组织——回民解放会，发动群众开展反对回民中的败类和高利贷者的斗争。我们组织了回民游击队、回民抗日救国军等抗日武装。西征的红军，在回族人民聚居的地区牢牢地站稳了脚跟。

在西北地区，哥老会是具有广泛的下层群众基础的秘密结社，有着较为广泛的社会基础、社会联系和社会影响。改变哥老会对我红军的敌对情绪，对巩固老区、开辟新区，意义是非常重大的。1936 年 6 月，我中央苏维埃政府发布了对哥老会的宣言，确定了争取哥老会的方针和允许哥老会这一组织在我苏区公开活动的政策。陕甘宁政府和红军政治部门，均严格遵守了这一指示，在苏区各地设立了哥老会招待所，把它作为争取哥老会的机关。哥老会招待所的主要任务是：有计划地动员和指导哥老会中的进步分子到白区和白军中工作，并给予物资上的帮助。同时欢迎哥老会中的首领江湖好汉来苏区参观，对他们施以抗日救国的影响。红军各部队都抽出一些同志参加这项工作。很快，哥老会就改变了对红军的态度，并担负了送情报、送弹药、运送医疗器材，安置和转运我方伤员，为我军做向导，组织担架送伤员和收容我方掉队人员等许多工作。在作战中，白军中的哥老会成员实弹虚发，携带武器、弹药投诚于我军的事亦是屡见不鲜，发挥了不可忽视的作用。这一切充分显示了党的政策的巨大威力和作用。能征善战而又作为工作队的红军，在西征中迅速打开了新局面。

西征部队相继解放了宁条梁、定边、盐池、豫旺、曲子、环县、华池、固原、镇原和宁夏的金积、灵武广大地区，依托着老苏区，开辟了纵横 800 余里的新苏区，它北到长城，西至环县，南临淳耀，东抵黄河。党在陕甘宁边区建立了陕甘宁省政府，所属定边县、盐池县、环县、豫旺县、曲子县、固北县、庆阳县等都成立了县苏维埃政府。新苏区的开辟，是红军西征的主要任务之一。这是一个具有战略意义的巩固的根据地，它的巩固和发展，对抗日战争和大后方的建设起了极为重要的作用。

用真心和民族大义感化群众*

马青年

由于历代封建反动统治阶级竭力推行民族歧视和民族压迫的反动政策，造成陕甘宁一带的回汉民族严重对立，民族关系十分紧张。特别是回民，政治上没地位，经济上很落后，生活极端贫困，加上国民党的反动宣传，广大群众深受蒙蔽，对红军缺乏认识。

1936年红军西征初期，我们每到一地，老百姓躲的躲，藏的藏，跑的跑，很难开展工作。根据这种情况，回民独立师首先是抓部队的思想教育，学习红军总政治部发布的《关于回民工作的指示》，遵守"三大禁条四大注意"和"三大纪律八项注意"，强调西征红军要把党对回民工作的各项政策规定作为自己的行动准则，严格执行党的民族政策。我们一边学习，一边采用多种形式广为宣传，使党的抗日主张、

---

* 本文节选自《忆红军西征中的回民独立师》，收录时做了适当修改。

民族政策深入人心。同时，广泛开展助民劳动，指战员们用自己的实际行动给群众打场、锄草、淘厕所、淘牛羊圈、扫院子等，见活就干，使回民群众渐渐地认清红军比马鸿逵的队伍好，不打人，不骂人，不抢民财，不欺负妇女，是咱回民的队伍。他们越来越接近红军，越来越信任红军，有什么事甚至家中闹纠纷，都要告诉红军，请红军给他们评理。我们驻王家团庄和半个城（今同心县）期间，为民断官司，伸张正义，大长了贫苦回民的志气，大杀了土豪劣绅的威风。

为了更为广泛地发动群众，争取民众，我们特别注意做好回民上层人士的工作，向教主、阿訇宣传党的政策。喊叫水地区的洪岗子，有个教主叫洪寿林，在当地回民中威望很高。红军主动与他联系，争取能通过教主发动更多的回民群众。洪教主为人开明，悉察时事，当红军第一次和他接触时，他非常热情，并保证红军接头人员的安全，临别时还给前去的 18 名红军指战员每人送了一枚银圆。从此以后，洪教主在每次布道（讲《古兰经》）时，都要向回民信徒讲"顺我者昌、逆我者亡"的道理，说红军是顺民心的队伍，一定胜利。还有一次，红十五军团两位干部前去接头，被民团头子周满祥发现并派便衣包围了清真寺。洪教主就把这两位干部藏在自己的"禁房"（教主修心盘道的地方）里，派家人送饭，并巧妙地将他们安全地护送到半个城。为了表示对洪教主的尊敬和感谢，红十五军团政治部派唐天际、程宗寿和我带 5 名战士到洪岗子，给洪教主赠了一面锦旗，上书"爱民如天"四个大字，豫海县回民自治政府成立时，洪教主也被选为政府委员。

"滚滚乌云风吹散，红军来了见晴天。"经过一段时间的艰苦工作，广大回民群众基本上发动起来了。这里的回民从来没有像现在这样心花怒放，欢欣鼓舞。许多青年积极报名参加红军，同心羊路的回民青年李贵山、李贵银兄弟，晚上偷偷离家步行百十里路报名参军；穆家曹子的穆生成亲自把儿子送到红军队伍（后在朝鲜战场上牺牲了）。在回民群众的大力支持下，支前工作、筹粮筹款工作搞得热火朝天，使回民独立师一天天壮大起来。

哥老会是个比较秘密的结社，在西北这个贫穷落后的回民地区是有一定基础的。同心县境内，有一个"江湖游击队"，这个游击队人数最多时达到 3000 余人，有广泛的社会联系和影响。其组成人员多为哥老会成员、游民，这些人江湖义气浓厚，没一点组织纪律性。他们经常出没在这一带与马鸿逵部队打，现在红军来了又与红军对抗。为此，红十五军团决定改造这支顽杂武装。

改造"江湖游击队"的工作是非常艰巨的。十五军团政治部决定由敌工部长唐天际任司令员，地方工作部部长王柏栋任政治委员，马振龙（窑山煤矿总指挥）和我任副司令员，基层干部是由红十五军团各部和回民独立师抽调来的。

我们严格遵守中央苏维埃政府发布的争取哥老会的方针和允许哥老会这一组织在苏区公开活动的政策，在苏区各地设立哥老会招待所，把它作为争取哥老会的机关，其主要任务是有计划地动员和指导"江湖游击队"、哥老会中的进步分子到白区和白军中工作，并给予物质上的帮助。同时让这些组织的首领和那些江湖好汉到苏区参观，给他们施以抗日救国的影响。

　　对"江湖游击队"，我们首先是改变他们对红军的对立情绪，向他们宣传党的民族政策、宗教政策和党的抗日主张，使他们从思想上认识到红军是穷人的队伍，是回民自己的队伍，从而消除敌对情绪。另一方面，改造"江湖游击队"，根本问题是为了稳住哥老会，防止敌人利用他们搞破坏。同时，也是为了造成抗日救国的声势，利用他们协助正规军牵制敌人和为我军做一些力所能及的工作。我们也曾多次把他们拉出来，抗击马鸿逵部，虽说战斗力不强，但还是发挥了一些作用。后来，红军争取"江湖游击队"的事让马鸿逵知道了，他即派人千方百计拉拢，企图争取过去，为其利用来反共、反红军，但未得逞。

　　以后，因战争需要，红军撤离同心时，"江湖游击队"一部分人回了家，一部分人逃跑了（怕红军走后马鸿逵找他们算账），大部分人经教育成为骨干，编入回民独立师。

保卫苏区[*]

刘葆璋

    1936 年 6 月初，红二十九军奉命保卫党中央所在地瓦窑堡，部队到了永坪镇，很快做了待命出发的准备。

    下旬得到消息，瓦窑堡被井岳秀部 1 个营攻占，中央机关和红军大学均已撤出。上级急令我军于当天上午出发，按时到达指定地点参加战斗，相机夺回瓦窑堡。当晚夜半，部队冒着蒙蒙细雨，从瓦窑堡以西敌人封锁的一个山梁小道通过，到达距城三四里的一处集结，二五五团和二五六团随即投入战斗。瓦窑堡周围炮火连天，我二五五团打得很激烈。天明雨停，天宇晴朗，各山头敌人的帐篷清晰可见，敌兵来来往往，传来阵阵激烈的机枪声和炮弹的爆炸声，子弹在我军部驻地上空呼啸。这时，我们与东北军有了统战关系，我二五六团的 1 个连向敌人政治喊话，敌士兵答话，在敌我接

---

     * 本文原标题为《红二十九军保卫苏区记事》，收录时做了适当修改。

近的阵地上，双方进行交谈。我向对方送去开水，对方向我送点香烟。如有当官的要来时，对方讲，当官的要来了，开枪了，然后猛向天空打一阵枪，我方战士亦向天空还几枪。就是在这样奇妙的情况下进行战斗，但炮火仍然十分激烈，震得山鸣谷应。这是东北军为了要把陕北高双成部赶出瓦窑堡，以此作为攻占"赤匪老巢"瓦窑堡而向蒋介石报功。他们对红军的猛烈开火，基本上是朝天射击，我军还击的弹药一部分是东北军送的。但是，城东地区是国民党军汤恩伯部，与红军顽抗为敌，企图阻止红军夺取该城，战斗进行得十分激烈。

两天后，红二十九军全部撤离瓦窑堡地区，在永坪驻休一日，主要是补编部队，从别部调来 3 门 82 毫米迫击炮，由 1 个排长和几个炮手携带。从二五六团调出 1 个连，一部分组成炮兵排，一部分组成电话班和成立无线电队。由北路军调整来 1 个连补入二五六团。军司令部成立了一科、三科；后勤成立了供给部和卫生队，补充了工作人员。军政治部从连队选拔了 30 名识字又活泼的十四五岁的小鬼，组成宣传队，由宣传科科长李桂林领导。各连均配备了 2 挺轻机枪，随带子弹 100 发，并补了一部分新兵。因此军直机构已基本健全，连队兵员比较充实，武器和火力得到加强。随即加强了对新战士的技术训练，以及对迫击炮、轻机枪技术操作训练，各连队坚持了日常政治、识字教育和军事技术、投弹、刺杀、战斗队形的训练，使部队军事政治素养都提高了一步，基本走上了正规化红军的轨道。

6月下旬，部队由永坪出发，打击侵犯苏区的敌人，两天后，国民党1个团的兵力，向我驻段家塬抗日支队进攻。甘渭汉政委指挥抗日支队进行抵抗，激烈的战斗持续近两个小时，甘政委左肩负伤，部队伤亡近20人，敌人伤亡也较大。但终因寡不敌众，部队撤退转移。此后，部队到安塞县进行整训，军和团均做了战术演习。这次演习对指战员教育很大，收到了预期效果。军宣传队还给部队演出一些小型舞蹈、剧目和革命歌曲，体现了革命军队的乐观主义精神。

7月初，部队由永坪出发到延川清平川、文安驿，延长县政府所在地，对部队进行慰问。二五五团在马家坪、官庄山等地两次袭击敌军，都获小胜。二五六团到宜川岩、临镇一带打击当地民团。7月下旬，部队回到永坪镇，将抗日支队2个连编为二十九军二五七团，此时全军共1400人左右。

这年八一建军节后，我到二五五团四连当指导员，部队开到清涧、延川边界活动。国民党汤恩伯军已进驻清涧一带进犯苏区，我军与该军屡有小的交火。

8月中旬，我军查明汤军集结1个旅准备向延川进攻。红二十九军到交口，敌屡向延川刘马家圪塔一带进犯。9月中旬，红二十九军前进到刘马家圪塔以西地区，以主力二五五团4个连，由政委甘渭汉率领于天明前在刘马家圪塔塬头高粱地埋伏准备歼敌，军长谢嵩率二五六团、二五七团于上午7点到达伏击地点。二五五团到达指定地点后，团首长做了简要的动员，把部队布置就绪。

到上午 8 点左右，还未发现敌人。估计敌人不出来了，甘政委叫我和他下象棋，说到 10 点敌人不来，部队就撤走。刚下过两盘棋，发现隔沟对面塬畔上有大批敌人，但二五六团、二五七团还未赶到，我团当即准备迎敌，迅速组织部队严阵以待。不一会儿，敌约 1 个营以密集队形向我扑来，当进到我埋伏地 40 米左右时，我机枪、步枪、手榴弹一齐开火，进而发起冲锋，立刻把敌人打得乱七八糟，阵地前沿死伤累累，我军无一伤亡。缴敌轻机枪 2 挺，步枪 20 余支，子弹千余发，手榴弹若干。

不一会儿，敌约 3 个营的兵力，在猛烈炮火掩护下，分两路向我阵地蜂拥而来，一场恶战就在眼前，炮火十分激烈。左侧敌人被我团长董英明指挥的 2 个连打下去，右侧敌人占了我四连阵地，政委刘永源指挥四连实行了一次反冲锋，夺回大部分阵地。四连连长曾继贤带 1 个排把敌压下沟去，我有一部分伤亡，敌人又一次反冲锋夺去了阵地。接着我四连、三连与敌短兵相接，连续进行了三次冲杀，敌我交错搏斗，步机枪声、喊杀声、手榴弹爆炸声混成一片。我夺回大部分阵地后，敌人又增援反扑，我被敌迫退 200 余米，据高抵抗。此时，敌人又投入约 1 个团兵力，用迫击炮、重机枪集中压制我阵地，从左翼山沟迂回而上，妄图全歼我团。我占领有利高地，上起刺刀，准备好手榴弹、大刀，与敌展开白刃搏斗，打破敌人企图。

此时，我二五六团、二五七团赶到，二五六团从左翼高地进入战斗，甘政委命令我团乘机进行反冲锋。我团4个连反复四次冲杀，手榴弹接连不断地轰轰爆炸。阵地上枪弹如雨，杀声震天，火光闪闪，浓烟翻滚，烟尘弥漫一片，敌伤亡惨重，我也有较大伤亡。二五六团打退敌第一次冲锋，未能阻止敌第二次冲锋，团长徐国珍腿部负伤，指战员伤亡30余人，敌已占领左翼高地。这一仗终因敌我力量悬殊，未能抵抗住敌人的进攻，使我节节撤退，从上午8点半左右战斗开始，到下午3点左右部队才撤出战斗，整整进行了6个多小时的激烈战斗。我军即向南撤至一个土山梁上，集结整理了一下部队，摆好阵势，准备给进攻的敌人再次打击，但敌进到塬畔，再未前进一步，后悄悄撤退。至傍晚，我军撤回原驻地，仅四连就伤亡失散士兵40余名。

1936年10月底，红二十九军到达定边和盐池县。1937年初，开始担任剿匪任务，剿灭在西安事变后由包头、五原流窜到三边一带的以范玉山为首的200余人的骑兵土匪，以及以安边堡为巢穴的张廷芝、张廷祥300余人的步兵土匪。范匪与当地哥老会有密切联系，张匪与当地逃亡的恶霸地主和哥老会相勾结。这两股土匪在三边一带流窜，袭击我基层政权，捕捉我工作人员，抢劫群众牛马驴羊，奸淫掳掠，无恶不作，对我苏区破坏极大。这里是赤白交界地区，地势开阔，村庄稀少，沙漠和丘陵滩地交错，气候寒冷，风沙大，有利于土匪隐伏和流窜，不利于我对土匪搜索追剿。

1937 年 2 月间，红二十九军在盐池县和内蒙古伊克昭盟边界地区追剿范匪，红二十七军在靖边至保安（现志丹）边界剿灭张匪。两军互相策应，紧密配合，匪东窜东打，西窜西打，有时两军会剿，不给敌人喘息机会。红二十七军在安边堡以东地带给了张匪一些打击，红二十九军二五五团和二五六团在盐池县红水沟、安宁堡以东地带及伊克昭盟句池附近，给了范匪几次杀伤，使匪处于困境。匪首范玉山穷途末路，伪装投降抗日，我军答应其要求，令驻定边城外接受改编。范匪是为了骗换冬衣，得到弹药补充后叛逃，这是他在宁夏使用过的故技。我们识破了敌人的诡计，为了把土匪一网打尽，清除祸根，决定将计就计，智擒范匪。我们在一所小学里设宴"接待"范匪。宴会中敌我交错入座，酒过三巡，菜过五味，甘政委开始发出了讯号，宴会厅顿时变成了战场，敌我双方短兵相接，互相开枪射击，有些互相扭打，菜桌全部打翻在地，打死打伤土匪数人，活捉 3 人，匪首范玉山等数人破门跳窗而逃。我军迅速出城包围匪骑，而匪骑跨马逃窜，我军尾追不舍，终因匪众地势熟悉，骑兵行动快速而逃脱。

3 月间，我军 2 个团在盐池县一带追剿范匪。由于匪与当地哥老会勾结，我军一有行动匪即得悉，我几次晚间偷袭扑空。几次接敌，敌很快跨马逃窜，只能以火力追杀敌人，而不能给予有效打击。塞上气候变化无常，有时刮起风来天昏地暗，剿匪部队吃尽苦头，而往往找不到匪踪。有时又是大雪纷飞的白接天，冻得战士手耳发肿。有时远远望见土匪在前面缓缓行走，当我速追接近时，匪骑加鞭奔驰一阵，又跑得距我很远。我剿匪部队催马紧追，也追不上。不久，孔令甫、高锦纯带领新建不久的骑兵团开到盐池县境，归属红二十九军指挥剿匪。虽然我骑兵团单独对付不了骑匪，但可跟踪尾追，协助步兵进剿，从而改变了我追剿的困难处境，使土匪很难摆脱追击和隐伏喘息。4月初，我二五六团和骑兵团在盐池县高家楼包围了骑匪，一接火土匪仓皇窜逃，我集中火力杀伤10余人，捉获便衣侦探1名。接着，我军追匪至西井滩、三井、四井等地，经过9次战斗，歼敌一部。于是土匪东窜至定边以北白泥井一带，我二五五团、二五六团追及杀伤一些，匪又向西流窜至盐池县曾家畔一带。我西转追剿匪骑途中，在定边砖井以北击溃张匪，毙伤数人，匪又东窜。

5月间，红二十七军他调，陕甘宁保安司令部副司令员高岗率老骑兵团到定边，协助剿匪。此时，我军主要力量集中对张匪进剿。当月，骑兵团和我军1个团在盐池县西南，追匪骑至定边东北南泥池，击溃该匪，打死打伤土匪20余名。在死尸中发现有一具女尸，据俘匪辨认，是匪头目老婆。又追匪至堆子梁，歼匪20余名。6月间，高岗指挥骑兵团追匪至定边以东八叉梁，敌我短兵相接，战马纵横奔驰，黄沙滚滚，白刃搏杀，歼匪大部，匪遗尸40余具，残匪仅余三四十人窜至盐池县西井滩、牛毛井一带。经我多次穷追剿灭，骑匪伤亡殆尽，最后残匪仅 10 余人逃出苏区不知去向。至 7 月间，盐池县境土匪全部肃清，我基层政权巩固，人民生活安定。

1937 年 1 月间，张廷芝、张廷祥 300 余匪窜至定边砖井附近，被我击溃，歼灭一部，随后追匪至定边堡以北。经过两次战斗，杀伤匪 20 余名，匪即钻入苏区边境内巢穴安边堡喘息。数日后又倾巢窜至定边西北一带，我兄弟部队在靖边县东北边界给敌数次打击，匪又钻进安边堡喘息。4 月间，张匪出巢在定边东北流窜，被我 1 个团击溃，匪南窜到山区一带抢劫。他们凭借地理熟悉和社会残渣余孽的资助，时而北窜沙漠地带，时而南窜保安与定边交界山区，袭击我基层政权，捕捉我革命干部，抢劫群众牲畜财物。仅 2 月至 6 月前后，捉去我红二十九军民运科长赵振兴，定边县保安科长赵振龙和税务局长等 10 余名。6 月间，我二五五团在定边以南山区毛家井一带，杀伤土匪四五十人，同月又在定边东北南泥池杀伤匪 20 余名。随后，我 2 个团在定边堡以北追击土匪，匪钻进一个土围子，我围攻一天，匪夜间突围时，被我歼灭一部。不久，我二五五团在定边以南山区羊圈山击溃匪百余人，杀伤匪 20 余名。7 月间，我在乔家洼歼匪一部，匪向东北逃窜，被我追击杀伤一部。8 月间，我二五五团在保安边境与匪相遇，击溃匪近百人，歼匪一部。

此后经过多次追剿，至 1937 年 10 月间，匪仅余四五十人，在我加紧追剿情况下，再加上我基层政权巩固，群众工作开展得好，置匪于走投无路的境地，匪首张廷芝带了几名溃匪，逃窜到绥远河套、包头一带，被当地驻军捕获处决。张廷祥带余众投奔刚进驻安边堡的国民党刘宝堂旅，不久叛逃为匪，被该部捕获处决。至此三边地区肃清了全部土匪。

回族人民的新生政权

周生录　白生才

"红军要来了!"

1936 年 6 月初,红军西征甘宁的消息似一阵劲风吹到了豫海地区,城里乡下议论纷纷。官府民团急如星火地四处抓兵抓夫,修筑城堡,操练兵马;土豪劣绅惊慌失措,埋藏转移粮食、财物,准备外逃;一些群众由于受了马鸿逵的"共产党共产共妻""共产党灭回灭教"等反动宣传,不明真相,也是提心吊胆,终日不安。

那时,我们也都没有见过红军,不知道红军到底是一支什么样的军队。心想:"有钱有势的人一听说红军就心惊胆战,那红军一定是替我们穷人说话行事的了?"所以一直没有外逃。

6 月上旬,红军一部抵达七营川、清水河、李旺堡一带,豫旺地区的气氛就更紧张了。马鸿逵自知阻挡不住红军部队的西进,急忙把主要部队都撤退到下马关、韦州等一些城堡里去，企图凭借"土围子"负隅顽抗。那些有钱的土豪劣绅也都携带家眷、金银细软，席卷而逃。马鸿逵还强抓、胁迫、煽动不明真相的群众到他们据守的城堡里，修筑工事，充当守城炮灰。

6月16日，红一军团二师在师长杨得志、政委萧华的率领下进占了豫旺堡。当时豫旺堡只有少量的民团武装，战斗一打响，就都缴械投降了。不久，红军右路军十五军团的七十三师、七十五师在军团长徐海东的直接指挥下，又分别解放了国民党豫旺县政府所在地下马关和王家团庄、半个城。下马关解放的当天，红十五军团首长就召开了全城居民大会，宣布成立豫旺县临时苏维埃政府。刘昌汉任豫旺县委书记兼县长。至此，豫旺县境和海原东部广大地区都已解放。6月底，彭总随西征总指挥部进驻豫旺堡，总部就设在豫旺堡城隍庙。

豫旺堡是回民比较集中的地区。红军把宣传贯彻执行党的民族、宗教政策，帮助回族人民翻身解放、当家做主作为一项重要任务来完成。在开始西征前，就制定、颁布了有关对回民地区政策的规定、布告。部队每到一地，就书写张贴革命标语，如：

"红军是工人农民的军队，欢迎回民群众来当红军，欢迎回民官兵们到红军中来！"

"只有苏维埃能够救中国！"

"不交租，不交粮；打土豪，分田地，牛、马、衣服分给农民！"

"红军是人民的军队！"

"组织抗日联军，组织国防政府，联合红军抗日。"

至今，在红城水娘娘庙等处，还保留有当年红军写的革命标语。

部队各师团还成立了地方工作部，具体负责地方工作。他们经常派干部、战士和回民群众组织联欢会，到回民家中去做客，拜访当地阿訇，向清真寺赠送匾额，以此联系感情。每逢集日，还上街头去演讲，宣传革命道理和党的民族、宗教政策，启发群众的觉悟。部队干部、战士常对我们说：马鸿逵是地主阶级的代表，他们对劳动人民的压迫和剥削是不分回族与汉族的。你们之所以受压迫和剥削是因为手中没有权。受苦的回、汉族人民都是一家人，要团结起来，建立自己的政权组织。共产党领导的红军是各族人民的子弟兵，以帮助人民翻身解放为己任。这些通俗易懂的革命道理，对我们帮助教育很大。特别是马和福，他过去受的苦最深，红军住在他家的窑洞里，和他朝夕相处，红军的一言一行使他体会到，红军是"仁义之师"，是真正帮助回族求解放的军队。他把红军当作亲人看待，红军讲的革命道理他理解、接受得特别快。红军到豫旺堡不久，他就主动出来帮助红军做事。有一次，回民独立师师长马青年在下马关主持召开军民座谈会，马和福应邀参加了会议。在会上，他痛诉自己的苦难家史，表示要坚决跟着共产党和红军闹革命。

为了做好建立基层苏维埃政权的思想、组织准备工作，7 月上旬的一天，红军在豫旺堡城隍庙召开军民大会，很多回族群众参加了大会。在会上，红军领导讲了红军西征甘宁的意义及党的民族、宗教政策；号召回汉族群众团结起来，建立自己的政权。大会开得非常热烈，到会的群众反响很大。在大会期间，红军给参加大会的群众每人发一双筷子一个碗，免费供应饭菜。会后，红军领导把马和福、白生才等骨干留下来，说："现在群众都已基本发动起来了，建立区级苏维埃的条件已成熟。我们经过一段时间的考察，认为你们俩参加苏维埃政府工作比较合适，希望你们要积极大胆地配合红军做好这项工作。"我们当时都表示要积极支持配合部队搞好组建工作。过了几天，红军在豫旺召开了全体居民大会，宣布成立豫旺区苏维埃政府，并选出政府成员，主席马和福（回族），副主席李会保（回族），白生才（回族）任财政委员。区政府下设三个乡：豫旺堡为一乡，主席马应奎；五家堡子为二乡，主席王清选；杨家堡子为三乡，主席杨显龙。与此同时，红军还帮助建立了半个城、下马关两个区苏维埃政府。

红军还把缴获的枪支拿出来一部分，从回汉族群众中挑选了一部分思想、身体好的积极分子，帮助各区乡苏维埃政府成立了游击小队，协助苏维埃政府维护治安，打土豪，分田地。

各区乡基层政权建立后，经过一段时期的工作，特别是通过打土豪分田地，群众都已广泛地发动起来了，地方干部也得到了锻炼，有了一定的工作经验。有一天，红军领导告诉我们说："党中央、毛主席批准，要建立陕甘宁省豫海县回民自治政府。"这个消息传开后，广大回族群众无不欢欣鼓舞，拍手称快；朋友之间互相报喜，邻居之间奔走相告，乡间农舍，气氛一片活跃。回族同胞盼望着这一天早日到来。

后来，我们从红军领导那里才知道，党中央和毛主席早在西征前，对建立回民自治政府就有了初步设想和安排。曾明确指出："帮助回族与蒙古族人民建立独立政府，是西征红军的一项重要任务。"在西征红军还未进入豫海之前，上级就决定成立豫旺县委和豫旺县苏维埃政府，王敬民任县委书记（因病未到，改任刘昌汉为县委书记兼县长），是党中央在瓦窑堡会议上就已确定的。红军西征开始不久，总政治部颁发的《关于回民工作的指示》中也强调说："我们对回民的基本原则是回民自决，回族的事情由回族自己解决。""启发回民的民族觉悟与斗争，来争取与团结回民，并把斗争一直提到推翻国民党政权的统治，建立回民自己的政权。"红军解放豫海地区后，就马上着手培养回族干部，在帮助建立区乡基层政权的同时，从当地选拔了一些进步回民青年，到河莲湾中央党校学习培训。红十五军团还在驻地下马关举办了回族干部训练班，为建立豫海县回民自治政府从组织、干部等方面做了准备。1936 年 8 月，中共陕甘宁省委书记李富春同志来到同心县协助进行筹建工作，成立了以李富春、王首道、程子华、王柏栋、黄镇、杨奇清和马青年为成员的豫海县回民自治政府筹备委员会。经过两个月的紧张准备，10月初，豫海县回民自治政府筹备委员会给毛主席、党中央，以及回民独立师和回族宗教著名人士发出了《召集豫海回民自治代表大会通电》。筹备会给各区乡分配了会议代表名额，并提出了评选代表的条件。各区乡通过群众民主评议，选出了自己的代表，马和福、白生才在豫旺区被选为代表，周生录在半个城被选为代表。

1936年10月20日，是我们终生难忘的日子。豫海县回民自治政府成立代表大会在半个城清真大寺隆重举行。我们和马和福及各区乡的回族代表100多人出席了代表大会。我们清楚地记得，那天清真寺作为大会会场，布置庄严、雄伟，主席台正面悬挂着马克思、恩格斯、列宁的画像，四周房檐上飘扬着印有镰刀、斧子的党旗和各色彩旗，微风吹拂，红旗漫卷。一清早，参加会议的各界人士和代表300多人就兴高采烈地赶到了清真大寺，人人都为能参加这一盛会而高兴。大家按指定的位置落座后，筹备委员会的同志宣布大会开始，接着有10多位各界人士向大会送了锦幛，并发表了热情洋溢的讲话。

大会进行了三天，讨论通过了《豫海县回民自治政府条例》《减租减息条例》《土地条例》等有关决议案，选举产生了豫海县回民自治政府的组成人员。马和福（回）当选为主席，李德才（回）当选为副主席，马青年（回、红军代表）任军事部长，文化宣传委员李振华（回），保卫委员杨金朝（回），粮食没收委员周生录（回），财政委员白生才（回）。大会决定：正式启用刻有党徽和阿文、汉文两种字样的自治政府印章。办公地点设在离半个城南30里路的王家团庄。自治政府管辖有八个巩固区（半个城、王家团庄、高崖、马家河湾、窑山、下马关、李旺堡、豫旺堡），四个游击区（喊叫水、韦州、惠安堡、关桥堡），总人口3万多，面积约8200平方公里。

大会期间，半个城内人山人海，方圆近百里的群众，听说召开自治政府成立大会，都携儿带女跑来观看；小商小贩的生意也格外红火，叫卖声此起彼伏，一片节日的气氛。红军部队的火星剧社还演出了文艺节目。

自治政府的成立，回汉族群众人人喜气洋洋，村村歌声不断。唱道："胡琴拉起来，唱一个苏维埃，苏区的天下人人爱，看见吗？人民好自在，一切压迫都打倒，生活才能过痛快。政府与苏区，代表中国人，打倒卖国贼，驱逐日本走狗。"至今，在我们同心县六七十岁的老人中都还记得那次盛会的状况。

自治政府成立后，又立即着手组织地方武装，成立了一支由马和福兼任队长，马新民、锁少贤、白生才等政治上进步的40多名回民群众为队员的县回民游击大队；唐天际、王柏栋帮助组织了一支江湖抗日游击队，马青年任总指挥，马正龙任副总指挥，王柏栋任政委，最多时曾发展到3000多人。

苏维埃政权成立不久，有一天，部队领导派人通知县政府的全体成员开会，马和福带着我们立即从王家团庄赶到半个城。会议一开始，红军地方工作部部长唐天际同志说："报告大家一个好消息，我红军三大主力已在会宁胜利会师。"我们听了无不欢欣鼓舞。接着他又说："二、四方面军最近到半个城地区，总部领导指示我们要做好欢迎工作。"按照地方工作部的安排，自治政府又开会商量了一番，决定动员群众欢迎红军胜利会师，多筹集粮草供给会师部队，做好安全治安保卫工作。

红二、四方面军进半个城那天，全城百姓夹道欢迎，街道两旁的回族群众都端着"哈利发尔"（盛有糖果、瓜子、油炸糖酥等小吃凑成的迎客盘，是回民迎接尊贵客人的礼节）献给红军指战员，胜似"箪食壶浆以迎王师"的盛况。

三军齐集半个城后，县政府组织了回、汉族群众和部队一起，在清真大寺南边河滩上，召开了万人军民联欢会。会上，马和福代表自治政府讲了话，他说："几百年来，我们半个城的回、汉族兄弟贫苦度日，过着暗无天日、牛马不如的生活。国民党、马鸿逵的反动统治，更使我们难以生存。共产党领导的红军解放了我们，使我们从此见天日。我们真诚地感谢大救星共产党和红军。今天，二、四方面军的兄弟们克服艰难险阻，又来到我们这里，我代表回、汉族的父老兄弟们，向你们表示热烈欢迎。"最后他表示："我们豫海县全体人员，一定要努力发展生产，全力以赴支援红军北上抗日。"马和福讲话后，朱老总、彭老总都讲了话。

会后，由自治政府文化宣传委员李振华亲自操办，县政府和红十五军团的徐海东、程子华、王首道、唐天际及回民独立师师长马青年，在半个城金振明家设便宴招待了二、四方面军的领导，记得出席便宴的有朱德、贺龙、徐向前等同志。

豫海县回民自治政府成立以后，我们在红军的直接领导下，开展了一系列活动，做了大量的工作。其中，筹粮筹款保障红军的供给，是自治政府的一项重要任务。豫海位于宁夏南部干旱山区，土地贫瘠，又由于马鸿逵多年的残酷统治和剥削，民不聊生，十室九空。一些有粮有钱的土豪，在红军来到之前就把粮食、金钱窝藏起来了。贫苦百姓愿意帮助红军，可家无隔夜粮，自己尚且吃了上顿愁下顿，更谈不上拿出多少粮食来支援红军。面对这些困难，我们不是消极等待，大家一起想办法，千方百计从各种渠道去筹集。

红军解放豫旺时，正值麦黄待收季节。有些罪大恶极的地主逃跑了。马和福派人把这些黄田丈量登记，划分成条块，插上牌子，分给穷苦人去收割，然后从收获的粮食中捐献给部队一部分。同时，我们还组织动员群众和红军一起组成粮食收割队，抢收逃亡地主的黄田。在离敌占区较近的地方抢收，还常常遇到敌军的骚扰。有一次，收割队正在八方收获，马鸿逵的骑兵突然袭击收割队，红军一边组织还击，一边掩护群众撤退到安全地带，收割队中的一名红军战士不幸中弹牺牲。打退了敌人，我们又继续收割。抢收黄田获得了很多粮食，解决了不少问题。

动员富裕户捐粮捐款，也是我们筹集粮款的一种主要方法。马鸿逵统治时期，苛捐杂税多如牛毛，一般的富裕户经不住折腾，生活也是朝不保夕。自治政府采取废除苛捐杂税的政策，使他们获利不浅，为了感激政府的恩德，都踊跃捐粮捐款。马和福经常带着我们到乡下去，做宣传讲道理，动员有存粮的富户捐粮。他还多次去过豫旺北大寺，利用"主麻日"回族群众聚集较多的场合演讲。北大寺的阿訇听了马和福的演说，主动把寺里"天课粮"捐赠了600担。红军攻打下马关时，利用清真寺捐赠的粮食，保证了部队的供给。

豫旺堡有个叫李文炳的绅士，1936年曾在海原县当过县长，后因不满马鸿逵的统治，回到了豫旺堡。红军来了以后，他躲到王家团庄，马和福多次登门去做动员说："你不必担惊受怕，只要不和红军、苏维埃政权作对，决不打你的土豪。如果有人打你的土豪，我马和福与你陪绑。"马和福的一席话，使李文炳解除了顾虑，他跟随马和福回到了豫旺堡以后，亲眼所见红军纪律严明、秋毫无犯，因感于红军和人民政府对他既往不咎的政策，献给红军粮食60担，还把他在豫旺南门外的"天德门"铺面捐出来，作为豫旺区苏维埃政府的住房，区游击小队的队部也在此处。豫海县回民

238

自治政府成立时，他被选为豫旺区的代表，出席了自治政府的成立大会。就这样以捐赠的形式，先后共征得粮食 6 万余斤、银圆 8 万多块、二毛皮衣 1000 多件，换回棉花 1000 多斤、布匹 2000 多匹，除了供给部队需要外，剩余部分分给了贫苦群众。

同时还搜挖逃亡地主的陈粮和财产。红军解放豫海地区后，逃亡到别处的大地主近百户，有一部分后来返回了。红军总部规定"在回民区一般不打土豪"，但由于他们逃走，其土地财产经过回民群众同意没收充公。对一些经教育仍敌视破坏苏维埃政权、民愤极大的地主，或有现行破坏活动的土豪，则没收其全部财产。豫旺区被群众称为"杨家二霸"的杨延栋和杨延杰兄弟，曾与马鸿逵勾结在一起，残害百姓，无恶不作。后来得罪了马鸿逵，被分别监押在下马关和宁夏（今银川市）城内。红军打开了下马关后，释放了杨延栋。马鸿逵为了利用杨延杰反共，也把他从宁夏释放出来。杨延杰从宁夏返回豫旺时，带着私人武装 10 余骑人马，过罗山时被红军抓获。红军替他医治了枪伤，并送还了没收他的 300 块银圆，还让他参加了江湖游击队。但他兄弟俩却死性不改，阴谋策动江湖游击队叛乱，在锁家岔叛乱阴谋败露后畏罪潜逃。在这种情况下，政府查封了他的家产，组织群众从他家挖出了银圆 3 万多块，粮食数千担，除支援军需外，还发给当地群众一部分。

苏维埃政权初建时，有些在马鸿逵统治时期做过坏事的恶棍，不但不安分守法，而且继续暗中做坏事。我们采取了严厉的镇压措施。豫旺堡有个叫王雨田的，曾任国民党豫旺区区长，他倚仗权势，横行乡里，欺压百姓，无恶不作。红军解放豫旺后，老百姓纷纷找政府告状。王雨田逃跑到豫旺虎家山，进行造谣破坏，放风恫吓群众说："红军在豫旺待不久，马（鸿逵）主席就要派大兵来了，你们不要为红军做事。"根据他的罪行，我们和红军商量，派部队把他从虎家山抓获就地镇压了。后来，红军撤走后，马和福被捕，王雨田的父亲王杰臣（绅士）到宁夏向马鸿逵告状，说他儿子王雨田是马和福杀的。为此，马鸿逵在审讯马和福时还加了这一条"罪状"。回民自治政府还镇压了两个民愤极大的恶棍，一个叫马明珍，他冒充红军工作人员，私自放走了地主的一大群骆驼和羊只，破坏政府的筹粮筹款工作；另一个是伪税收员杨世洪，在苏维埃政府成立后，冒充政府的税收员，到偏僻山村加倍收税，被当地人民扭送政府。对这些罪大恶极的反动分子，政府提交给代表大会决议后，给予了坚决的制裁。通过镇压反动分子，使人民更加信赖共产党和红军，拥护自己的政府，有力地保卫了新生政权。

苏维埃政府成立后，通令废除苛捐杂税，动员手工业者和小商小贩回城营业。那时，半个城、豫旺等地的集市非常繁荣，不但边区的商人，连国统区的商人也到这里做买卖。在半个城街上设立的外籍商会，就有陕西会馆、山西会馆、河南会馆等数处。

为了扩大政府的巩固区，我们还到一些尚未解放的地区发动群众。北圈子（今下流水）地处同心、中卫、海原三县交界地带，是一个纯回民区，交通闭塞，偏僻贫瘠。西征红军没有进入该地区，因而当地群众对共产党和红军不甚了解。自治政府成立的第五天即 10 月 25 日，马和福就拿着自治政府《告北圈子四周围同胞书》，到那一带去向群众做宣传。他一到北圈子就说："回族兄弟们，咱们回族现在有了自己的政府，我是受自治政府的委托，来看望你们的。"接着就把《告北圈子四周围同胞书》（以下称《布告》）宣读一遍，号召当地回族同胞同红军联合起来，为民族解放而奋斗。马和福受到了当地群众的热情接待和欢迎，《布告》给当地群众以深刻的教育启发，他们诚心接受了政府的领导，主动响应政府的号召捐款捐粮，支援红军。红军撤离后，北圈子张家套子的石占斌冒着生命危险把《布告》收藏在《古兰经》内，保存到宁夏解放后，于 1953 年献给了甘肃博物馆。

政治攻心巧取李旺堡[*]

李志民

　　1936 年 7 月下旬，我红八十一师奉命将围困安边的任务移交红二十八军，然后西进到甘肃、宁夏交界的甜水堡地区休整待命，准备迎接红二、四方面军北上会师。我师根据上级指示，在甜水堡边整训边开展群众工作。8 月 31 日，野战军指挥部发出了继续向西发展的命令。9 月上旬，我师又从甜水堡出发，向宁夏豫旺堡西南的李旺堡进军。

　　李旺堡位于清水河西岸。当时正是枯水季节，河水干涸，河滩开阔，李旺堡的城墙又比较高，驻守在城内的国民党三十五师马鸿宾部一个骑兵团居高临下，驻守一座小城，我们要攻城就必须通过几百米的河滩开阔地，才能接近城墙，而且缺少攻坚武器。所以，我们察看了地形之后，一致认为只宜智取，不宜强攻，否则只会增加更多的伤亡。

　　* 本文节选自《红军政治工作的巨大威力》，收录时做了适当修改。

当时我们分析：马鸿宾虽然听命于蒋介石，反动立场比较顽固。但多数回民官兵，民族自尊心较强，倾向于抗日，不愿当亡国奴；而且在我军西征开始时，马鸿宾于环县、曲子镇一带遭到我红一方面军的打击，见了红军还心有余悸，战斗力受到很大削弱。在此情况下，正如彭德怀司令员指出的："一个口号抵十颗子弹。"只要我们遵照党中央关于开展敌军工作的指示，积极宣传抗日救国的道理，做好抗日统一战线工作，足可以瓦解敌军，争取和平解放李旺堡。

我把二团政委谭冠三、总支书记王学礼，三团政委罗元兴、总支书记李汉生（李振邦）和师宣传科胡科长、破坏科（即敌工科）袁科长找来，传达了师党委智取李旺堡的指示，要求各团回去发动群众，利用各种方法，积极开展对敌政治攻势。

群众发动起来，办法就多了。一时间全师上下齐动手，有的做纸话筒、雕弓箭、扎风筝、糊"孔明灯"，有的写标语、印传单，很快做好政治攻势的准备工作。战士们扎好风筝，把传单捆在风筝尾巴上，然后点上香，当风筝顺风飞到李旺堡上空时，香火烧断了捆传单的细绳子，五颜六色的传单便"天女散花"似的飘落到李旺堡城内。当然，开始放风筝时由于经验不足，香火太短，风筝没有飞到李旺堡便中途散落了。第二天经过几次试验，这种"政治炮弹"几乎百发百中。更有趣的是"孔明灯"。战士们利用"孔明灯"作为政治攻势的工具，夜晚用"孔明灯"携带传单，顺风放到李旺堡城内去。马鸿宾的官兵仰望天空观赏"孔明灯"，也就可以捡到飘撒下来的传单。

师宣传队和各连队宣传组更忙碌，白天深入周围村庄宣传抗日，夜深人静时，则在武装掩护下抵近李旺堡城外的清水河边，对城内敌军喊话："中国人不打中国人！""枪口对外，联合抗日……"喊一会儿话，唱几首抗日歌曲。宣传队员都是十三四岁的小孩，唱起歌来很动听。城内敌军屏息静听，句句拨动他们的心弦，引起强烈的共鸣。有时宣传队还把传单、信件扎在没有箭头的箭杆上，射上城头。

"狗来了！"突然，城墙上传下话来，"啪啪"两声清脆的枪声，打破了深夜的静寂。我们知道，当时国民党特务机关为了加强对非嫡系部队的控制，每个团都要派几个"蓝衣社"特务监视，下层官兵对这些特务十分痛恨，背地里都叫他们"走狗"。所以，当特务出来视察时，城墙上的国民党士兵就这样向我们报警。我们宣传队便暂时停止宣传，直到城墙上通知："狗跑了，再唱个歌吧！"宣传队又接着唱起歌来，进行政治宣传。

我们接连宣传了几天，开始时，城内的敌人只是当兵的悄悄看传单、听宣传。后来，下层军官和营团长也来听，越听越感到我们的话有理，对我们的态度也越来越友好了。有一天傍晚，师里派人牵着几头羊，带着一封信送到清水河滩上，把拴羊绳压在一块大石头下，用一块小石头把信压在大石头上，就返回我们的阵地。这封致守敌马团长和全团官兵的公开信大意是：日寇猖獗，生灵涂炭。中国人民正处于亡国灭种的紧急关头。我军奉命西进，宣传发动民众一致抗日，希望贵军以"兄弟阋于墙外御其侮"的精神，不要听命于蒋介石打抗日红军，而应同红军一道联合抗日。同时，指出李旺堡已在我抗日军民的包围之中，要求他们自动退出李旺堡，返回原驻地去，我军保证他们人身安全，并将热烈欢送。果然，不一会儿李旺堡守敌就派人牵走了羊，带回了信。第二天马上派了代表同我们谈判，同意撤离李旺堡。

马鸿宾的骑兵团撤走那一天上午，我师派出一部分部队列队在清水河东岸，并将各连的司号员都集中起来，组成一支军乐队。当该骑兵团经过我们队伍前面时，我们的军乐队吹起礼号，战士们敲锣打鼓、呼口号，表示热烈欢送。敌骑兵见我军真诚相待，很受感动，走出很远，还停马回头向我们挥手告别。

我们送走马鸿宾的骑兵团后，马上集合部队进驻李旺堡休整待命。同时利用这个时机，深入城镇和附近村庄，放手发动群众，扩大红军。

"默契配合"的阻击战[*]

李志民

我红军三大主力会师西北，给予全国人民很大的鼓舞，对蒋介石坚持反共方针以沉重的打击。他气急败坏地亲自飞往西安督战，调兵遣将向我陕甘宁苏区进攻，妄图趁我立足未稳之时，一举将红军消灭。

军委为打破敌之进攻，巩固陕甘宁苏区，决定集中兵力歼灭敌军中最顽固的蒋介石嫡系胡宗南第七十八师。我第八十一师奉命在李旺堡附近、清水河东岸待命、阻击，迟滞东北军的增援，以便主力更好地围歼敌人。

1936年11月22日，我军攻克山城堡，歼灭敌七十八师二三二旅及二三四旅两个团，给了胡宗南当头一棒，迫使他停止对我军的进攻。

早在1936年4月9日，周恩来同志就与东北军司令张

---

[*] 本文节选自《红军政治工作的巨大威力》，收录时做了适当修改。

学良将军在陕北肤施（延安）举行联合抗日的秘密会谈。9月 22 日，毛泽东同志代表红军，张学良代表东北军分别签署了《抗日救国协定》。但是，这些秘密会谈和协定，当时只有中央领导同志和东北军少数高级将领才知道。我们当时仅学习过毛泽东、周恩来、彭德怀等 21 位中央领导同志公布的《红军为愿意同东北军联合抗日致东北军全体将士书》和 1936 年 6 月 20 日中央《关于东北军工作的指导原则》等有关文件的精神，明确"争取东北军到抗日战线上来是我们的基本方针"，争取东北军的方法"主要是依靠我们耐心的说服与解释的政治工作"。

12 月初的一天，我师领导机关正在学习"三大主力会师后的形势"和争取东北军的政策，突然接到西方野战军指挥部的通报：东北军王以哲部第一二九师正从西往东向我驻地推进。要求我师做好阻击、迟滞东北军前进的行动准备。

我们分析：11 月 21 日我军主力发起进攻山城堡胡宗南部时，东北军按兵不动，山城堡攻克多日，东北军姗姗来迟，目的可能不在争夺山城堡，而是蒋介石逼迫他们向我进攻，夺回我西征时赤化的豫旺堡、环县、庆阳这一带地区。

这一仗怎么打？根据中央的指示精神，主要是打政治仗。在政治上争取东北军联合抗日，不打内战；同时，做好阻击的战斗准备，并将战斗情况及时报告指挥部。

当时我师扼守在李旺堡东南十几公里的山地一带。这里一道道山梁都是南北走向，我们从西往东边打边撤，山梁便自然地成为我们的一道屏障，便于设防。我们接到命令后，一方面，组织部队在山头上构筑防御工事准备阻击，并派人动员群众把粮食坚壁起来，防备粮食被抢走。这样也给东北军的供应造成一些困难，以免他们弹足粮丰，长驱直入。另一方面，我们重点抓政治攻势的准备工作，发动群众写标语，抄写抗日歌曲，刻印《致东北军全体将士书》等传单。不论墙壁、木板、石崖、树干，凡是能写上字的地方，都写上标语或贴上传单、抗日歌曲，使东北军所到之处，举目就可以看到标语，伸手就可以捡到标语、歌曲传单，如同浸没在标语、传单的海洋之中，造成一种动员东北军团结抗日的气氛。

大约在 12 月 7 日，东北军第一二九师的先头部队开始接近我师阵地，我师以 4 个连的兵力据守四个山头，两侧还派出小分队做侦察、警戒，其余连队为预备队，边待命边继续制作宣传品。开始接触时，敌我双方都比较谨慎，他们打了一阵子枪，才慢慢向我阵地接近。我们一般不打枪，待他们靠近时才对空鸣几枪，并组织大声喊话："东北军兄弟们，不要替蒋介石打内战！""中国人不打中国人！""枪口对外，打回老家去，收复东北失地！"

东北军退走了。当他们退回进攻出发地时，我们清点人数，我方无一伤亡。原来他们虽然枪打得不少，但大都是朝天放枪。当天傍晚，我们奉命后撤七八公里，撤离阵地前，又在阵地上留下了许多标语、传单。

当晚，我们派出宣传队到东北军前沿开展政治攻势。夜深人静，万籁俱寂，我们宣传队唱起《松花江上》《打回老家去》等抗日歌曲，哀怨、悲壮的歌声在东北军的阵地上空回荡。

爹娘啊，爹娘啊！
什么时候，才能够回到我那可爱的家乡；
什么时候，才能欢聚在一堂……

当东北军官兵听到这些歌声，有的伤心落泪，有的还呜呜咽咽地痛哭起来。第二天，双方又"打"了一天，这一天东北军的枪打得少了。他们"冲"到我阵地前，我们又喊话："东北军兄弟们！蒋介石出卖了东北，现在又要出卖华北，有良心的中国人能答应吗？""东北3000万同胞等待我们去拯救，东北军和红军联合起来，打回老家去！""东北军兄弟们！你们的父母兄弟、妻子儿女现在在哪里？打回老家去，拯救你们的父母兄弟妻儿老小吧！"

东北军不打枪了，在那里听我们用纸话筒喊话，我们趁这个时机对他们说："我们还有许多话要谈一谈，今晚请你们到我们这边来，喝杯酒，打打牙祭好不好？"他们欣然答应："好，晚上见。"高高兴兴地返回阵地。

这天下午，我们又后撤了十几公里。因为东北军晚上要来联欢，破坏科袁科长和宣传科胡科长忙开了，他们要管理员买来猪肉、黄豆、白酒，把半山坳里一座破庙打扫干净，借了几个条凳，就作为联欢交谈的会场。黄昏以后，果然东北军四五个士兵践约而来。我们两位科长带两个干事和几个做勤务工作的战士，总计 10 来个人在一起交谈，我们在宣传中用事实揭露日本帝国主义的侵略野心和蒋介石的卖国罪行，谈到东北 3000 万同胞沦入日寇铁蹄蹂躏下的悲惨生活，历数蒋介石把东北军当炮灰，驱使他们进攻红军，迫使东北军与红军互相残杀两败俱伤，他们好坐山观虎斗，以收渔人之利的阴谋。劝说东北军千万不要上当，要联合红军一致抗日，打回老家去！

我们晓以大义，东北军士兵深表赞同，有的说："我们都不愿意打内战，王八羔子才愿意打内战！"有的说："我们不打了，你们也别打了，谁打枪，背什么枪挨什么子弹！"这是当时东北军中最流行的一句咒语。

临走时，他们表示明天要邀几个当官的也来参加联欢。当时已是阴历十月下旬，夜晚朔风凛冽，雪花飘飘。我们因经验不足，炒的猪肉之类的菜肴，已冻成了一块块猪油疙瘩，很不好吃，幸好还炒了点黄豆，勉强可以下酒。

第三天晚上来联欢的东北军就增加到十几个人，其中还有两个排长、一个副官。我们接受昨晚的教训，多炒了一些黄豆，还炒了几盘鸡蛋、瘦猪肉，卤了几盘牛羊肉，下酒的菜肴丰盛多了。东北军见我们招待他们这样好，也掏出一些"三炮台"的好烟卷作为回敬。双方交谈得很亲热，他们要求袁科长转告师首长说："红军兄弟写标语要求东北军要爱护老百姓。我们不敢随便拿老百姓的柴草烤火，小村庄又住不下多少人，露宿村外实在太冷，要求明天红军兄弟转移时，能让出一两个大点的村庄给我们宿营。"我们也向他们提议说："今天你们打的枪太少，枪声不激烈。向蒋介石交不了差。"他们没有想到我们替他们考虑得这样周详，感激地说："对！对！我们每个团都设政训处，都是蒋介石的走狗，他们会向蒋介石告密，给我们上司为难。"

果然，第四天开"仗"，他们打枪打得特别激烈，连水机关（重机枪）也"嗒嗒嗒"地打得挺欢，可仔细观察重机枪简直成了高射机枪了，从远处听来，枪声一阵紧过一阵，很像是一场激战。

这天下午，我们又撤出了十几公里，留下两个大村庄让东北军宿营。考虑到联欢在村外破庙进行天气太冷，所以约定他们到我们村庄来联欢，多来一些人。这一晚他们来了20多人。因为东北军第一线连队经常更换，所以每天晚上来联欢的代表不一定是同一个连队的人，这一次来的20多人中，还有个别校级军官。我们把他们分散安排在几户老百姓家中交谈，在老百姓家有热炕坐，酒菜也不凉，边喝酒边谈话劲头更大了。有的老乡在一旁也插插话，像拉家常似的问东北军家里还有什么人？现在哪里？一谈到家，东北军的官兵就伤心落泪，有的还诉说家破人亡、妻离子散的惨景，边诉说边呜咽哭起来，有的老乡还问东北军说："红军是咱老百姓的队伍，专打日本鬼子的，你们为啥要打红军?"东北军官兵马上表白："我们不愿意打红军，是蒋介石这个老小子叫打的……"这样无拘无束地随意交谈，气氛更加活跃，对东北军官兵教育很大。

我们就这样同东北军白天"打仗"，夜晚联欢，"激战"五天，双方无一伤亡，真是一场奇特的阻击战。

12 日、13 日清晨，我们发现东北军已经全部撤走，他们的阵地上留下许多"红军兄弟们，再见!""红军兄弟们，抗日前线再见!"等字条。不久，我们接到指挥部来电，得悉张学良、杨虎城将军发动了西安事变，拘押蒋介石以及蒋鼎文、朱绍良、陈诚、卫立煌等国民党军政要员的消息，全师指战员个个兴高采烈欢呼雀跃。

联合东北军共同抗日[*]

李赤然

在蒋介石的胁迫之下，东北军把家乡东三省白白让给日寇，并被赶到西北，与红军作战，充当蒋介石的炮灰。他们在与红军的作战中尝过连吃败仗的苦头，使他们逐渐醒悟到，调东北军打红军是蒋介石消灭杂牌军的恶毒阴谋，以红军之手消灭东北军才是蒋介石的目的。东北军在西北打仗，但是他们的家乡却正遭受日寇的践踏，他们的父母、妻子、儿女、亲戚、朋友，每天都在被杀害、被奸淫、被掠夺，房屋被烧，财产被抢劫，人们遭受着蹂躏。大部分东北军官兵，怀念家乡，思念亲人，他们不愿再做无谓的牺牲。打回老家去，赶走日寇，是他们的强烈愿望。

1936 年 6 月，党中央做出了《关于东北军工作的指导原则》以争取东北军走上抗日道路为我军的基本方针。根据

---

* 本文节选自《红军在 1936 年的东征战役》，收录时做了适当修改。

这个指示，红军和地方党、政机关均设立了专门争取东北军的工作机构，设立了委员会和工作部。争取东北军走上抗日救国的道路，是一场"政治仗"；这一仗既体现了我军的传统，又有了许许多多新的内容和要求。

遵照党中央关于坚决打击敌人主力，孤立分化敌人，以利于抗日民族统一战线的形成的指示，我红一方面军一面集中火力给蒋介石的嫡系胡宗南部队以狠狠打击，一面严格按照统一战线工作原则对东北军各部积极进行工作。当时，我军对东北军的口号是："中国人不打中国人。""枪口对外，一致抗日。""联合起来打日本。""打回东北去。"等。开始，东北军中有些顽固分子对我红军的力量估计不足，总想和红军较量。6月初，东北军的两个骑兵团向我军挑衅，发起进攻。我军被迫奋起还击，一举歼灭了他们4个连。我军对俘虏待之以礼，讲一致对外、抗日救国的道理，诉说3000万东北父老姊妹的遭遇和仇恨，感动得大多数东北军官兵声泪俱下，要求打回老家去，赶走日本侵略者。我红军将缴获的300余支步枪、马枪、轻机枪和战马送还他们，并列队欢送他们回部队。许多东北军的官兵与我红军指战员依依难舍，并发誓："如果我们再和红军打仗，就不是中国人。"

从这以后，我红军与东北军的阵地上，形成了奇特的局面，白天是碉堡对峙的敌对双方，阵地上鸦雀无声；晚上，双方阵地上口号声、唱歌声、笛子、胡琴声连成一片。对日军罪恶的控诉，对亲人的怀念，人们的哭泣声，很难分出来自哪个阵地。赶走日军为亲人报仇的誓言，激发了人们保家卫国的共同心愿。当时，《松花江上》《走，朋友，我们为爹娘报仇》《中国人不打中国人》《打回老家去》等歌曲，是红军指战员、东北军官兵喜爱唱的歌曲。夜深人静时，歌声此起彼伏，寄托了大家抗日救国保卫家乡的意愿和决心。这些工作，对于争取东北军都起到了很好的效果。

西北高原，有些地方缺少饮用水，当地老百姓都是在雨雪季节把雨、雪收藏在土窖内，上面盖上石板，并加以伪装，不使别人发现。红军坚决贯彻执行三大纪律八项注意，人民群众把我军视为自己的子弟兵，所以在缺水的情况下，他们宁可自己不喝水，也要把水送给我军指战员喝。但是，对白军却是宁肯去死，都不愿意让他们喝上一口水。当时，东北军各部队的官兵对水是极为渴望的，我们反复以建立抗日民族统一战线、保家卫国的道理说服人民群众，在取得群众的同意后，给东北军官兵们送去救急之水和香烟等东西，他们也给我们送面粉、医药品和其他物资。后来，两军的接触发展到开小型的联欢会等。在西北高原数百里的战线上，当东北军各部队中有蒋介石特务监督时，双方严守阵地，俨然是敌人；但在特务被赶走、调走时，双方就成为具有共同抗日意愿的好朋友。红军部队还派出主要领导同志与东北军联欢，并签订共同抗日的协定。

东北军内的抗日救国运动就这样发动起来了，我党抗日救国的主张和抗日民族统一战线的方针，逐渐被东北军广大官兵理解和接受。